Лесь Перистий

РЕЛІКВІЯ
ЧАРІВНОГО ЛІСУ
АБО
ПРИГОДИ
ЯСІ ЗАХМАРНОЇ

Обкладинка Станіслав Абрамов
Ілюстрації Вікторія Тарнопольська

2018

Лесь Перистий
Реліквія чарівного лісу, або пригоди Ясі Захмарної

Обкладинка Станіслав Абрамов
Ілюстрації Вікторія Тарнопольська

    Події цієї книги починаються в місті, яке здається звичайним. Але тут чимало дивовижних істот ховаються під личинами звичайних людей. Наприклад, Мара, яка виглядає, як елегантна дама, але вона може перетворитися на жахливий кістяк. А ось Кіт, чорний кіт, що може стати красивим брюнетом. Або потерчата, що живуть в мишачих норах. Та ще багатенько чарівних і дивних істот.

    Істоти ці є як добрі, так і злі. І шукають вони одну реліквію. Реліквію чарівного лісу...

    В 2011 році ця книга здобула диплом національного конкурсу "Коронація слова" в номінації книги для дітей 13-18років

Перший розділ,

в якому читач потрапляє на нічне зібрання дуже дивних громадян

Якби однієї особливо темної ночі випадковий перехожий опинився на околиці міста N, то він би побачив не тільки великий хімічний завод, який випускав хмари різнокольорового диму, не тільки смердюче звалище, не тільки старе кладовище, на могилах якого хрести покосилися, наче мерці намагалися вилізти з могил, а й великий пагорб, про який в народі ходила нехороша слава.

Це була Лиса гора.

Приблизно опівночі над горою з'явився дивний літаючий об'єкт. То був не літак, не падаюча зірка, і навіть не космічний корабель прибульців з космосу – ні! – це було щось більш дивовижне: на тлі зірок, осідлавши пилосос, летіла якась жінка. Її пилосос гудів наче літак і залишав позаду себе сяючий шлейф червоного диму. Здається, неважко здогадатися, що подібними засобами пересування у повітрі користуються жінки, які належать до нечистої сили. Правда, наша відьма крокувала в ногу із прогресом, тому і літала на пилососі корейської фірми, а не на мітлі.

Долетівши до Лисої гори, відьма промчала коло над нею і раптом несподівано спрямувала свій літаючий пристрій просто у землю – прямо у саму вершину гори. Набравши чималеньку швидкість, її пилосос зі звуком пікіруючого винищувача врізався в землю і вибухнув, вкривши все довкола їдким димом.

Можна було б подумати, що після цієї самогубної катастрофи вже ніхто та ніщо не вціліє на Лисій горі та її околиці, навіть камінчика необгорілого там не залишиться. Та ні, крізь дим почулося чиєсь кашляння, а потім і голоси:

— Знов ця Солоха коники викидає!

— Скільки можна таке терпіти? Давно вже треба покласти цьому край!

— Правильно, досить з нас її вибриків!

Коли дим розвіявся, можна було побачити цікаву картину. На вершині гори лежав великий, плоский, чорний камінь. А навколо нього наче за столом сиділо десь три чортові дюжини громадян різного віку, статі і зовнішнього вигляду. Сиділа там також і відьма Солоха, яка хвилину тому звалилася на голову присутнім. І як це не дивно, і сама Солоха, і її товариші, і все навкруги мало такий вигляд, ніби ніякого вибуху і не було. Зрозуміло, що цей бабах був лише виставою.

Недивлячись на невдоволення присутніх, Солоха широко посміхалась.

— Ой, біси, ну які ви нецікаві! — сказала вона. — Які ви нудні! І те вам не так і ото вам не таке. І пожартувати вже не можна! А ну вас!

І махнула рукою.

— Ой, кумонько, привіт! — звернулася Солоха до худющої-прехудющої жінки з булькатими очима. — Давненько не бачилися. Ну, розповідай, як ти?

На запитання відьми худорлява відповіла гучним, але

абсолютно нерозбірливим бурмотінням. Та Солоху це анітрохи не бентежило.

— Та ти що? Оце так! – відповідала вона на це буркотіння, ніби все розуміла.

У наших читачів вже напевно є думка з приводу того, хто ж то був на Лисій горі тієї короткої літньої ночі. Так, це була нечиста сила. Це відьми, упирі, переплути, русалки, чорти різних рангів та станів, дідьки, бабаї, залізноноси баби, чури, вовкулаки та всяка-всяка інша нечисть зібралася на свої щорічні збори.

І якби випадковий перехожий побачив їх тоді, він би ні за що не здогадався про справжнє єство присутніх. Бо не було у них ані рогів, ані хвостів, ані копит, ані поросячих рил, ані крил кажанів та всяких звичних нам по легендам ознак приналежності до нечисті. На перший погляд навколо чорного каменю сиділи звичайні громадяни такі ж як і ми з вами.

Всі місця на Лисій горі вже були заповнені окрім великого каменю схожого на крісло з високою спинкою. Це було місце найголовнішого чорта, прибуття якого чекали з хвилини на хвилину.

Той з'явився рівно опівночі. Саме з'явися, а не приїхав чи прибув, бо Вій нібито зіткався із темряви у кріслі головуючого. Вмить запала тиша, всі біси замовкли, навіть дихати на час перестали, бо до нестями боялися свого ватажка. Кілька секунд на зібрання дивилися темні порожні скельця його окулярів, а потім Вій промовив лише одне слово: "Можна!"

І тільки він це проголосив, як і сліду не лишилося від добропорядної публіки. Біси поскидали свої личини і з'явилися у справжньому вигляді. Оце було видовище!

І ось Вій дістав з товстого портфелю свою промову, прокашлявся та випив води із графина. Знов запала тиша, біси приготувалися слухати свого провідника.

— Дорогі товариші! – почав він. – Дозвольте вважати

чергову нараду на Лисий горі відкритою!

Вій зробив паузу і нечисть зааплодувала. Можна сказати, що засідання нечисті дуже нагадує наради, на яких кожен з нас хоча б раз у житті мав можливість бути присутнім. І це не дивно, бо сам Вій з усією цією нечистю вже багато років жив серед людей.

На протязі довгого часу Вій завжди знаходив собі затишне, тепленьке місце. Ще коли Україна була під владою польської корони, Вій був орендарем родючої української землі і жорстоко примушував селян працювати на себе, а тих хто не підкорювався і намагався втекти на Запорізьку січ, жорстоко карав.

Та ось настали буремні роки повстання Хмельницького. Якщо ви думаєте, що Вій постраждав, то помиляєтеся. Вій швидко перефарбувався, вступив до козацького війська, вислужився та став полковником. А коли Україну поділили навпіл на Лівобережну та на Правобережну і в кожній половині був свій гетьман, полковник Вій переходив служити від одного гетьмана до іншого по кілька разів, продаючи з потрухами свого попереднього керівника.

При владі імператора всія Русі, тобто російського царя, Вій якось там покрутився та став крупним поміщиком, заробив титул чи то барона, чи то графа та вислужився у табелі про ранги на чин таємного радника, а це тоді ого-го як високо було!

І в радянські часи товариш Вій не пропав і не змарнів, а вступив до лав комуністичної партії і став номенклатурним працівником і чим лише не керував: і кіноклубом, і фабрикою взуття, і овочевою базою, і багато ще чим.

З настанням нових часів, коли Україна стала незалежною, досвідчений Вій, звичайно, не розгубився і через усю цю чехарду та прихватизацію зумів вийти з баришем. Тепер він був головою ради директорів великого концерну та ще й депутатом ради міста N.

Усі роки, що прожив серед людей пан Вій, він змушений був ховати своє справжнє обличчя. Як свою зовнішню личину, а треба сказати, що він не був голлівудським красенем, так і, головним чином, внутрішню сутність. Може ви десь чули, що погляд війових очей смертельний для будь-якої живої істоти, тому відкриває їх старий біс дуже рідко. Вони в нього завжди закриті чорними окулярами. Та незважаючи на це, він міг все бачити чарівним надприродним чином.

Нова личина Вія являла собою огрядного літнього чоловіка з м'ясистими рисами обличчя, кущавими бровами, високим чолом і абсолютно лисою головою.

— Першим питанням порядку денного є доповіді товаришів про зроблену ними роботу за звітний період, — продовжив Вій. — Сподіваюся, що взяті у минулому році зобов'язання не лише виконані, а й перевиконані.

Після цього нечисть почала по черзі брати слово і розповідати про те зло, яке вони заподіяли людям на протязі року. Слухаючи розповіді про всі ці чортові справи, бісові діти реготали, плескали у долоні, стукали копитами та клацали хвостами.

Нарешті, коли всі по черзі виступили, а гомін та регіт не вщухали, Вій загрозливо прокашлявся і знов настала тиша. Він наставив свої темні окуляри на бісів та промовив:

— Другим питанням порядку денного є...

Тут він зробив паузу і красномовно поглянув на одного з чортів, ніби запитуючи в того, чи все безпечно, чи хтось має змогу підслухати, те важливе, що він зараз повідає. І його колишній зброєносець, а нині кримінальна особистість, злодій, бандит, невиправний рецидивіст — вовкулака-перевертень, за плечима якого був не один строк, проведений у тюрмі, поспішив відповісти на це німе запитання:

— Все спокійно, шефе, — прохрипів перевертень. —

Ніхто не підслухає, сам перевіряв.

— ...отже другим питанням порядку денного є реліквія, — туманно закінчив речення Вій.

В ту мить сторонній спостерігач навряд чи зрозумів би, про що йдеться.

Запала неймовірно глибока тиша, у якій фоном було чути шуми недалекого міста.

Другий розділ,

в якому допитливий читач дізнається, що ж було метою пошуків нечисті

Ось тут треба пояснити, яку ж реліквію мав на увазі Вій. Колись в сиву давнину, коли ще київські князі не ходили прибивати щит на ворота Царгороду, коли ще ані князів не було, ані самого Царгорода, буяв над хвилями Дніпра один заповідний ліс. Заповідним він був тому, що з діда-прадіда повелося у людей заповідати своїм нащадкам, аби ті не ступали у нього ніколи, щоб не трапилося. Бо був той ліс царством надприродної, чарівної сили.

Та на щастя, була та сила не тільки лихою. Поруч з лісовою нечистю жили там і добрі сили: мавки, лісовики, хухи, потерчата, перелісники. І як це завжди ведеться у світі, ці дві сили перебували у постійній боротьбі між собою. Частіше перемагала світла сторона, бо допомагала їм у цьому чарівна реліквія. Це була річ, яка в багато разів підсилювала чарівну енергію. Це було чарівне дзеркало.

Зрозуміло, що нечисть на чолі з Вієм будь що поклялася здобути його. Але складалося так, що це їм довго не вдавалося. Та одного чорного дня нечисть таки зуміла підібратися до чарівного свічада. Ні, біси не змогли вкрасти його, а лише розбили. Розлетілося дзеркало на тисячі осколків по всьому світу. Деякі з них опинилися аж на дні морському, деякі підібрали люди. І люди, що дивилися у такий осколок, ставали краще, їм приходили гарні думки, вони створювали веселі пісні і винаходили дивні і цікаві речі.

Спочатку добрі лісові сили розгубилися, як же так, втратили реліквію, але потім зрозуміли, що через дзеркало правди і в світі більше правди буде. Та ось побачили вони, що нечисть гасає усім світом і збирає осколки. І ці зібрані осколки, будучи в руках у злих сил почали спотворювати світ.

Треба було щось робити. І добряки стали і собі, шукаючи осколки чарівного дзеркала, збирати його. І одного дня склалися дві майже однакові половинки чарівного свічада, одна у нечисті, а інша у добряків. Бракувало лише одного великого осколка. І зрозуміли тоді лісові створіння, хто здобуде цей осколок, той і заволодіє силою реліквії. Як знайдуть його добряки, то запанує правда, а як станеться так, що злі захоплять його, настане морок неправди.

Але життя не стоїть на місці, поки лісові створіння шукали осколки чарівного свічада, люди забули заповіді предків і почали хазяйнувати у Дрімучому лісі. І дохазяйнувалися до того, що на початку двадцять першого століття небагато лишилося від Дрімучого лісу, а виросло на його місці сучасне індустріальне місто з кількома сотнями тисяч жителів та з кількома сотнями років своєї історії.

От і довелося надприродній силі як добрій так і нечистій пристосовуватися до сучасного життя.

І живучи серед людей, вони шукали осколок чарівного дзеркала, та сліди його загубилися. І більшість нечисті вже махнули на ці пошуки хто хвостом, хто копитом, а хто і крилом та жили у своє задоволення. Та все ж таки, бажаєш чи ні, а кожного року треба було давати звіт перед головним бісом Дрімучого лісу. Саме тому запала така глибока мовчанка.

Перевертень Кіт в Дрімучому лісі був очима та вухами Вія. Ось і зараз у місті він знав більш за всіх, бо міг перевтілюватися як у кота, так і у людину.

Третій розділ,

в якому з'являється новий персонаж з цікавою звісткою

Вій так красномовно поглянув на найближчого до нього біса, а найближчим бісом виявився Чур, що той від переляку аж перестав дихати. Треба ж відповідати на це пекуче питання. Але що? І тому Чур не знайшов нічого кращого, як нервово ковтнути слину та перевести погляд на сусіда зліва. Вієві окуляри також змінили приціл і дивилися вже на болотного чорта Чугайстера. Той занервував аж почервонів (а його звичайним кольором був зелений) і скосив очі далі по ряду, де сидів Переплут. Перевів на нього свою увагу і Вій. Переплут переніс погляд Вія на Мару. Та від жаху стала майже невидимою, залишилися лише її волосся, щелепи та очі, які і скосилися на бабу Ягу.

Далі по черзі загрозливий погляд ватажка нечисті переходив на Локтибороду, Чорнокнижницю, відьму Солоху і дійшов до Упиря. Упир повернув свою голову на наступне місце і перелякався так, наче потрапив під промені полуденного світла. Крісло сусіда було порожнім. А роздратування Вія вже висіло тяжкою хмарою, з якої ось вдарить грім. Упир затрясся від жаху, не в силах вимовити хоча б слова. Він вже уявляв, як його порох змітають з кам'яного крісла, та в цю мить почулося котяче нявкання. Це і врятувало Упиря.

Прибув Кіт, який запізнився на початок зібрання. Усі перевели погляди в його бік та великий худий чорний кіт, який лише мить тому крутився біля каменю, зник.

Поки всі марно вдивлялися в темряву, той проявився вже у протилежному місці на своєму камені, але втілений у іншій подобі. Він з'явився не відразу, а частинами. Спочатку з темряви проявилися його очі, потім вуса, бакенбарди, ніс, волосся – це була людська голова, неймовірно схожа на котячу, але чомусь окрім неї нічого більше не з'явилося і голова так і продовжувала висіти у повітрі, лише трохи погойдуючись.

Перевертень Кіт в Дрімучому лісі був очима та вухами Вія. Ось і зараз у місті він знав більш за всіх, бо міг перевтілюватися як у кота, так і у людину.

Будучи людиною, Кіт мав вельми привабливий вигляд: чорне густе волосся, чорні вуса та великі очі.

Коли був день, Кіт мав вигляд простого громадянина, працював на заводі, пив із мужиками пиво, ходив на футбол, залицявся до дівчат. А вночі, він перевтілювався у чорного кота і де тільки не лазив.

Голова Кота дивилася у темряву і лише муркотіла. Всі нетерпляче дивилися на неї, бо знали, що просто так Кіт не запізнюється, певно він приніс якусь важливу звістку. Але голова була абсолютно незворушною.

Нарешті чийсь голос промовив:

— Чого він мовчить, ранок же не забариться?

— Він не мовчить, він муркоче щось.

— Він знає де реліквія! Ви чуєте, він знає!

— Не може бути! Нарешті!

— Тихо. Він каже, що гуляючи котом, потрапив у

одну квартиру, де побачив його сяйво.

— А може він переплутав?

— Він каже, що сяйво чарівного свічада не можна ні з чим переплутати.

Всі на зібранні нечисті були дуже збуджені, але насправді ніхто не міг чути від Кота жодного слова, той весь час мовчав. Він, так би мовити, був телепатом і тому передавав свої думки як радіохвилі.

І Кіт тим часом голосами інших чортів розповідав, як він натрапив на чарівне свічадо.

Одного вечора, вештаючись по місту у вигляді чотирилапого створіння, Кіт зіткнувся із трьома дівчатами. Кіт сподобався їм саме своїм чорним кольором. "Ах який він чорний! — гомоніли вони. — Немов сама ніч!" І от одна із дівчат, довгонога білявка привела чорнолапого додому, нагодувати сметаною. І ось тоді Кіт і побачив реліквію.

Кіт розповів, що у квартирі, де знаходиться осколок чарівного дзеркала, живе самотня жінка зі своєю дочкою — тією самою довгоногою білявкою.

Тільки-но Кіт завершив свою розповідь, як нечисть розпочала завзято розробляти план захоплення реліквії. А це, треба сказати, була нелегка справа, бо заволодіти ані самим чарівним дзеркалом, ані будь-якою її частиною неможна нечистим способом. Осколок не можна ані вкрасти, ані відняти силою, ані купити. Є лише один спосіб прибрати його до рук, треба щоб власник сам, з власної волі віддав його.

Коли заспівали перші півні, план захоплення був вже детально розроблений і нечисть почала розходитись. Чорти не простим способом покидали місце зібрання, вони не вставали зі своїх місць і не прямували кроком, а просто розчинялися у сірих сутінках. І вже десь з околиць лунали звуки їхніх кроків або гуркіт моторів. Це від'їжджали їхні модні автомобілі.

Четвертий розділ,

в якому читач дізнається про одного поважного рибалку, про стіни, що мають вуха та дивних мешканців однієї звичайної квартири

Нестор Мусійович Нетребка був фанатом рибальства. Любив він посидіти з вудочкою у будь-яку пору року і на березі широкого Дніпра, і біля маленького ставочка.

Ще тільки почало розвиднюватися, як Нестор Мусійович вийшов з під'їзду дому номер сім, що на вулиці Довгій і попрямував через увесь двір до підворіття. Він вже був, так би мовити, озброєний всім необхідним рибальським причандаллям. І десь там, серед цього всього, була захована від очей його дружини Степаниди Семенівни, жінки авторитетної, пляшечка з відповідним вмістом. Що гріха таїти, любив Нестор Мусійович зігріти свою душу вогняною водичкою. Але в той ранок сталося дещо таке, що примусило цього поважного громадянина пенсійного віку назавжди відмовитися від шкідливої звички.

Як ми вже казали, Нестор Мусійович прямував через увесь двір до підворіття. Підворіття великого багатоквартирного дому виходило на вулицю, де зупинявся один із самих ранніх приміських автобусів. На ньому пан Нестор сподівався дістатися до заповідного місця відпочинку його душі. І от лише він ступив під склепіння підворіття, як зіткнувся ніс до носа із якоюсь старою.

— Ой, чоловіче! – звернулася до нього баба. – Не допоможете старій бабі знайти, де тут Довга сім, квартира один.

Нестор Мусійович сказав, що це зовсім поруч, треба лише повернути направо і зайти до першого під'їзду. Стара подякувала і пішла собі. Дядя Нестор задумався, що ж це за дивна стара і чому вона у такий ранній час когось шукає. Він вирішив прослідкувати за нею. І таке побачив!

Як тільки стара зникла за рогом, дядя Нестор підкрався і визирнув із підворіття. Він побачив, як баба підійшла до першого під'їзду, посмикала зачинені на кодовий замок двері і пошкрябала великим жовтим нігтем залізо на ньому. І тільки-но Нестор Мусійович зібрався вийти і підказати сільській бабі, яким же способом треба відкривати двері, як незнайома утнула неймовірну штуку. Баба і не намагалася натискати на кнопки замку, а просто плюнула на нього. Від плювка замок затріщав, щось там вибухнуло і посипалися різнокольорові іскри як від феєрверку. В той же час двері самі собою відчинилися неначе за ними стояв невидимий швейцар.

Нестор Мусійович як стояв так і закляк, нагадуючи скульптуру "Шпигун на виконанні завдання".

Це було перше диво того ранку, яке сталося у домі номер сім, що на вулиці Довгій, перше та не останнє.

Як тільки дядя Нестор трохи прийшов до тями, як почув позад себе кроки. Озирнувшись, він охолов від жаху. Ще б пак! У напівтемряві підворіття самі собою рухалися чоботи, плащ і жіночий капелюх. Тіла, на яке це все мало бути надягнене, не було. Одяг проплив повз Нестора Мусійовича і зник у дверях того ж самого під'їзду.

Нестор Мусійович впустив на підлогу все своє рибальське знаряддя і тремтячими руками, абсолютно автоматично, нічого не тямлячи, почав шукав по кишенях цигарки.

Тут він почув за спиною голос:

— Братан, закурити не знайдеться!

Нестор Мусійович озирнувся і волосся його стало дибки. Перед ним стояла людина з вовчою головою.

Що було далі, Нестор Мусійович не пам'ятав, бо в наступну мить він сповз по стіні на асфальт і втратив свідомість.

* * *

По квартирі була розлита млява тиша. Все спало, не спав лише старенький механічний будильник, відмірюючи час, коли господарка оселі тридцятивосьмирічна Наталка Захмарна прокинеться і порине у звичну метушню буденного життя: розбудить дочку, приготує сніданок і, як завжди, помчить на роботу.

Та цього разу ранок не обіцяв буденність. Бо не в звичній квартирі мешкала Наталя Борисівна, аж зовсім незвичній.

Коли вже сіре, поки що дуже слабке світло, починало розріджувати густу чорну темряву ночі, на кухні сталася перша дивовижна річ.

Люди часто кажуть, тихіше, тут і стіни мають вуха. Але ще ніхто не бачив, щоб стіни мали вуха у самому буквальному прямому смислі слова.

Вуха з'явилися на стіні у кухні. Вони були нібито зроблені з пластиліну, приклеєні та розфарбовані під колір та фасон шпалер. Вуха були великі, кожне розміром з гарну сковорідку. Вони настовбурчились, прислухаючись до звуків у сонній квартирі. Певно вони були задоволені тим, що почули, бо через кілька хвилин на стіні з'явилися ще й

17

очі, ніс та надзвичайно рухливі, ніби зроблені з гумового шлангу, руки. Очі роздивлялися, ніс принюхувався, а шолудиві руки, розтягувалися та обмацували предмети.

Відчинивши холодильник, руки дістали звідти ковбасу, масло, майонез і зробили з усього цього великий бутерброд. Піднесли його до носа, який втягнув до себе смачний аромат ковбаски. І тоді на стіні з'явися ще й рот, в який і відправився бутерброд.

Не встиг цей дивовижний рот проковтнути свій сніданок, як сталася друга чудасія. Старий пузатий холодильник «Донбас» загуркотів наче збирався включити компресор, але тут же замовк і з його задньої частини, де тепленькі труби, вийшла дивна істота.

Це був невеличкий чоловічок, розміром не більший за кішку, увесь покритий густою шерстю наче звір, але обличчя мав зовсім людське, гладеньке, пригоже, приємне на вигляд. На голові в нього стирчали ріжки, а по землі клацав пружний хвіст. Створіннячко мало надзвичайно сумний і стурбований вигляд. Воно позіхнуло і промовило до першої чудасії:

— Смачного, Стінний!

— Угу! – промимрив рот йому у відповідь, не припиняючи жувати бутерброд.

— Що поганого?

— А що може бути поганого? Все добре. Смачний бутерброд, гарний ранок.

- Е, не кажи. У мене передчуття. Ти ж знаєш, що передчуття мене ніколи не обманюють. Має статися щось страшне, щось таке... До того ж Предок кудись подівся.

— Ти за нього не хвилюйся, мабуть знову зі своїми дідуганами згадує старі часи.

Тут стурбованому читачу треба пояснити, що ж за істоти хазяйнували в той ранок на кухні у квартирі Наталі Борисівни Захмарної. Справа у тім, що в кожному помешканні живе набагато більше істот, ніж це числиться по домовій книзі. Окрім господарів та їх улюбленців там зазвичай живуть духи. Іноді вони бувають добрі, іноді злі. Є такі, що шкодять людям, ховають якісь речі, лякають. А є ще ті, які приглядають за житлом, виключають забуті господарями електроприлади, слідкують за тим, щоб маленькі діти не втрапили у халепу. Саме такими добряками були духи квартири номер один, що у будинку сьомому по вулиці Довгій.

Звали їх Стінний, Пенат та Предок.

Стінний оселився там ще як тільки будинок був збудований, коли ще навіть люди не встигли в'їхати у свої квартири. Він мав трохи грайливий характер і був непереборним ласунчиком. Варто дитині було залишити десь без нагляду цукерку, як її вже нема. Жив він лише у стінах, ніколи не виходячи на відкритий простір.

Пенат же був надзвичайно тихенький і сумний дух. Він вважав, що його головний обов'язок це боронити своїх господарів від небезпеки. Не один раз він рятував квартиру від пожежі.

А Предок був насправді предком, якимось там дуже давнім прапрадідом Наталки Захмарної – хазяйки квартири. Він вже кілька століть жив біля своїх нащадків, переїжджаючи разом з ними з одного помешкання до іншого. Він мало цікавився своїми живими родичами, головним чином він вештався ночами по всьому великому багатоквартирному будинку, проходив крізь стіни, не дуже ховаючись від людський очей і лякав тих, кому потрапляв на очі. У безкінечних розмовах з такими ж як і він сам старими духами він вихваляв старі часи і лаяв сучасність.

Спочатку Наталя Борисівна
побачила у дзеркалі дикий
неприбраний ліс, велетенські
дерева, переплетені мов змії корені,
похмуре небо, мох розміром із
траву.

П'ятий розділ,

в якому читач знайомиться з господаркою вельми незвичайної квартири

Наталка Захмарна прокинулася. Вона потягнулася і, полежавши кілька зайвих хвилин, підвелася з ліжка. Як завжди не виспалася, але вставати все одно треба. Вона відразу побачила – у квартирі щось негаразд. Знову у холодильнику бракувало деяких продуктів. Наталка, звичайно, і гадки не мала, хто насправді краде їх, вона завжди підозрювала, що вночі встає поїсти її дочка, але дівчинка від подібних звинувачень, звісно, відхрещувалася. Вона навіть ображалася, бо не може ж вона їсти вночі, коли треба берегти фігуру. Жінка була впевнена, що її дочка бреше і це її засмучувало.

Але це було ніщо у порівнянні з тим, що вона побачила у вітальні.

Там висіло старовинне дзеркало дивної форми у мідній оправі. Це була реліквія сім'ї Захмарних. Скільки цьому свічаду було років, ніхто не знав. Один антиквар, який якось хотів купити його у Наталки, стверджував, що оправа зроблена у сімнадцятому столітті. Але для Наталки цінність дзеркала була не в цьому, її бабуся заповідала ніколи і нікому, ні за яких обставин не продавати і не віддавати цю річ. Чомусь ця ідея глибоко засіла у душі Наталі Борисівни і вона відмовила антикварові, хоч той і пропонував дуже і дуже непогані гроші за дзеркало.

Дзеркало те було незвичайної форми, на перший погляд навіть здавалося, що це просто осколок, вставлений у оправу. Воно було не великим, але й не маленьким. Світ відображався досить своєрідно у дзеркальному склі. Та це не дивувало, бо амальгама в деяких місцях посипалася. Та крім того було щось у ньому таке, що і не пояснити, воно наче заворожувало, коли дивишся в нього, або просто крізь нього.

І ось це дзеркало і той ранок почало викидати вибрики. Воно явно виросло. В цьому можна було не сумніватися, і скільки не терла очі Наталка, таки так, воно виросло майже вдвічі. Здивована жінка підійшла ближче і тут ледь не скрикнула від несподіванки, у ньому чомусь не відзеркалювалась квартира, а воно ніби телевізор показувало щось зовсім інше.

Спочатку Наталя Борисівна побачила у дзеркалі дикий неприборканий ліс, велетенські дерева, переплетені мов змії корені, похмуре небо, мох розміром із траву. Але все це були ще дрібниці. Раптом вона побачила якусь жінку, яка вийшла з-за дерева і в ній Наталка впізнала себе. Задзеркальна копія Наталки була вбрана за українською модою певно п'ятисотрічної давності. У неї чомусь були стривожені очі, вона дивилася кудись вбік і щось казала комусь, хто був за межами зображення. Видіння тривало кілька секунд, а потім зникло.

У свічаді знову відобразилась вітальня.

Оце так! У жінки перехопило подих, думки плуталися. Бути цього не може, це просто неможливо! "Це сон! – думала вона, - Це просто сон! Звичайно, це не може бути чимось іншим як залишком сну".

Однак спотворені розміри дзеркала були самою справжньою реальністю. Наталка навіть помацала свічадо. Холод бронзової оправи не лишав сумнівів у реальності дива.

І тут Наталка згадала.

Шостий розділ,
в якому Наталка Захмарна поринає у спогади

Все це було давно, коли маленька Наталочка ще бавилася у ляльки.

Одного зимового дня, коли було так затишно вдома, дівчинка гралася в кімнаті, а її бабуся в'язала у кріслі. Наталочка підійшла до свічада, яке тоді висіло на стіні у кімнаті і звернулася до своєї ляльки:

— А тепер, Мариночко, я буду робити тобі модну зачіску.

Дівчинка уявляла себе перукарем. Раптом, кинувши погляд на відображення своєї ляльки, Наталочка здивовано вигукнула:

— Мариночко, а чому в тебе у дзеркалі чорне волосся?

Це було незрозуміло: у ляльки-білявки в дзеркалі все було таке, як і по цей бік скла, але волосся чомусь було чорне мов у циганки.

— Бабусю, подивись! – крикнула дівчинка.

Чомусь, побачивши таку нестандартну ляльку, бабуся розхвилювалася. Вона взяла ляльку до рук і Наталочці здалося, що пластмасова лялька трохи смикається у руках старої жінки.

— Знаєш, що Наточко, а давай покатаймось на санчатах!

— Ура! – вигукнула Наталочка. Вона дуже хотіла погуляти на вулиці, але в той день через сильний мороз бабуся прогулянку відмінила. Вона тоді не замислювалася, чому ж це старенька не сіло не впало сама запропонувала піти надвір.

Вони з бабусею пішли гуляти, і стара жінка трохи затрималася у квартирі, в той час як дівчинка вже дихала морозним повітрям.

І коли вони вже повернулися з прогулянки, дивна лялька кудись поділася. Більше Наталочка ніколи не бачила ляльки Марини. Замість білявої ляльки Наталочці скоро подарували іншу — русяву.

І тепер Наталя Борисівна думала, що справа тут була зовсім не у ляльці, дзеркало – ось головна таємниця.

Сьомий розділ,

в якому пані Наталку до смерті лякає один манірний інтелігент

Наталка Захмарна стояла перед дзеркалом, яке насправді являло собою осколок чарівного дзеркала, і не могла вирішити, що ж їй робити. Але тут почалися події, які все вирішили за неї.

Несподівано задзеленчав телефон і одночасно подзвонили у двері. Наталка розгубилася ще більше, не в змозі вирішити до чого бігти. Нарешті вона підійшла до дверей, бо вони були ближче.

На порозі стояла листоноша:

— Дорогенька, вам телеграма!

До величезного здивування це була телеграма від дуже далекої родички з якогось глухого села. І ось ця родичка, про яку Наталка лише те й знала, що вона існує, повідомляла, як вона ощасливлює Захмарних тим, що не сіло не впало приїздить до Наталки саме сьогодні.

Збентежена Наталя Борисівна крутила у руках цю телеграму і думки в неї все більше плуталися.

Тут знову пролунав телефонний дзвоник.

Цього разу Наталка підняла слухавку.

— Слухаю вас, — сказала вона.

Але на тому кінці була мовчанка, лише прислухавшись, можна було почути якісь невиразні приглушені звуки схожі чи то на виття вітру у гілках дерев, чи то на голоси плачу. Можливо, це були просто якісь перешкоди на лінії.

— Говоріть, слухаю вас, — ще раз промовила жінка, але було те ж саме і, знизавши плечима, вона поклала слухавку.

"Ну, що це сьогодні за день!" — промайнула у неї думка, але все це були лише ягідки. Як тільки Наталка відійшла від телефну, знову подзвонили у двері.

На порозі стояв незнайомий мужчина середніх літ. Той був невисокого зросту і одягнутий, як здалося Наталці, по осінньому: на ньому був плащ, комір в якого був піднятий так високо, що ховав майже всю голову незнайомця, яку прикрашав берет з претензією на стиль. Особливою прикметою чоловіка була голова повністю позбавлена волосся.

Наталці здалося, що ранішній відвідувач почувається зле. До того ж кидалося в очі, що він чимось наляканий. Та незважаючи на все це, тримався він надзвичайно ввічливо і навіть манірно.

— Пардон мадам, чи маю я за честь бачити Наталю Борисівну Захмарну? – спитав він.

— Так, це я є.

— Мене звати Модест Інокентійович Упир.. тобто Полугаєвский. – вклонився чоловік. – Ось моя візитівка.

Після цього Наталка не могла вже тримати гостя на порозі. Розмова далі вже відбувалася у вітальні.

— Чим я можу вам допомогти, Інокентію Модестовичу, - промовила Наталка.

— Перепрошую, шановна пані, але мене звати Модест Упирьєв.. тобто Інокентійович.

— Вибачте, — трохи зашарілася Наталка, — та все ж таки...

— Справа в тому, вельмишановна Наталя Борисівна, що я колекціонер антикварних речей. І до мене дійшли чутки, що у вас є деякі рідкісні старовинні речі.

"Ну, ось, — промайнула думка в голові Наталки Сердеги, — знову антиквар-колекціонер!"

— Якщо йдеться про те аби щось придбати, — досить сухо і категорично заявила Наталя Борисівна, — то ви марно витрачаєте час, я нічого не продаю.

— Ні, ні, ні! – енергійно захитав головою Модест Інокентійович, злякавшись, що хазяйка зараз же вкаже йому на двері. – Мені б треба було просто сфотографувати ці речі, Ну, хоча б ось це дзеркало у бронзовій оправі.

І чоловік вказав на те саме дивне дзеркало, яке тепер знову прийняло свою звичайну форму. Певно, воно вгамувалося у присутності гостя.

— А для чого ж знадобилося фотографувати мої речі? – здивувалася жінка.

— Ну, в мене є свої розрахунки, — туманно відповів гість.

— То поділіться вашими розрахунками, мені ж таки цікаво.

Гість зашарівся, зніяковів, але відповідати не поспішав.

Треба зауважити, що з того моменту, як Модест Інокентійович переступив поріг оселі Захмарних, він маленькими кроками поволі просувався в глиб квартири, а Наталя Борисівна відповідно відступала, весь час задкуючи. І так потроху вони опинилися вже майже навпроти чарівного дзеркала. І саме в той час, коли дивний гість м'явся, хазяйка оселі поглянула на дзеркало і ледь не вигукнула від здивування і переляку.

У дзеркальному склі вона побачила свого гостя, але він був не зовсім такий, яким здавався по цей бік скла. Там на ньому був той самий одяг, але обличчя було страшне. На неприродно гладкому лиці, просвічували крізь шкіру численні судини також дуже неприродних кольорів від чорного до яскраво-зеленого, з рота стирчали жовті ікла, під очима вирізнялися глибокі чорні тіні. А самі очі були неймовірно великі, абсолютно порожні, лише вузенькі котячі зіниці виблискували. Мертві були ці очі, зовсім мертві.

Наталя Борисівна обернулася і поглянула на гостя. Від побаченого вона здригнулася. Найдивнішим було те, що й по цей бік дзеркала Модест Інокентійович став виглядати такою ж потворою.

Певно переляк жінки дуже виразно відбився в неї на обличчі і потвора, замаскована під інтелігентного колекціонера це відчула.

Він кинув погляд на дзеркало.

— У, прокляте скло! – прохрипів він люто. Від манер вже не лишилося й сліду, а від личини тільки одяг. – Казали ж мені!

І Упир почав наступати на Наталку, втупивши в неї погляд жахливих очей. Жах! Серце нещасної жінки охололо від страху. Що робити? Що?

І тут якось інтуїтивно Наталка Сердега надумала зняти зі стіни те саме дзеркало і закритися ним як щитом. Це її і врятувало. Недивлячись на те, що дзеркало було для неї досить важке, вона тримала його мов щит, так, що над верхнім його краєм лише визирали її очі.

І як тільки Упир опинився під світлом чарівного дзеркала, йому стало зле. Він позеленів і гепнувся на спину як колода. Здавалося ніби він раптово помер, а втім як може померти той, хто і так не є живим. Наталка вже почала думати, що робити з цим тілом, як сталося ось що: просто крізь вхідні двері до квартири просунулися ззовні руки, які схопили Упиря і так само крізь двері перетягли його на сходи під'їзду. Потім звідти почулися якісь голоси та звук кроків, що віддалялися.

Нарешті все затихло. Наталя Борисівна стояла посеред вітальні мов зачарована, так само тримаючи у руках дзеркало. Її серце тільки хвилин через п'ять почало качати теплу кров.

Наталка Сердега наче прокинулася.

Вона з'ясувала, що знаходиться посеред вітальні з важким дзеркалом в руках. Тут же вона пригадала жахливого гостя, цього псевдо-Полугаєвського. Згадала про витребеньки дзеркала.

"А може це мені все примарилося, — подумала вона, — може я просто хвора?"

І жінка поставила на тумбочку свічадо, притуливши його до стіни. Потім висолопивши язика подивилася на нього у дзеркало, помацала у себе зап'ясток, намагаючись з'ясувати, який в неї пульс, та доторкнулася долонею до лоба. І хоча вона дуже погано уявляла, які б мали бути ознаки, у разі якщо вона хвора чимось таким, що викликало б такі реалістичні галюцинації, та все ж прийшла до висновку, що здорова.

"Просто треба менше дивитися телевізор!" — вирішила Наталка Захмарна. І вже збиралася повісити дзеркало на місце, як її погляд впав на тумбочку, де лежала візитівка Модеста Інокентійовича Полугаєвського. Вона взяла її. Не можна було сумніватися в реальності принаймні цього клаптику паперу і напису на ньому, зробленому курсивним шрифтом. Та раптом саме напис на візитівці почав зникати мов вологий подих на запотілому склі і через кілька секунд в руці у Наталки був лише білий прямокутник фактурного паперу.

"Справа таки не у телевізорі!" — вирішила вона.

Довго б ще вона думала-гадала про дивні події, якби новий спогад наче блискавка не промайнув у її свідомості.

Восьмий розділ,

де Наталя Борисівна розмірковує, а потім намагається чаклувати

Це було тоді, коли Наталка виходила зі своїх підліткових літ. Одного вечора бабуся підвела її до дзеркала, стала поруч і обійняла за плечі.

— Що ти бачиш у дзеркалі? – спитала старенька.

— Як що, бабусю? - здивувалася дівчина. – Це ж ми з тобою!

— Добре. Подивися ще разочок, тільки цього разу уважніше.

І тоді, коли Наталка поглянула у дзеркальне скло другий раз, вона побачила ніби там вона і не вона, а якась дівчина схожа на неї, але якась інакша, доросліша з сумним поглядом. Але це ще не було найдивнішим. Бабуся, яка стояла поруч була прозора наче скло. Крізь неї можна було бачити диван та інші предмети інтер'єру. Злякана, обернувшись на стару, Наталка зустрілася поглядом із нею.

— Так, не дивуйся, дівчинко моя, — промовила бабуся. - Ти бачиш не ману. Наше дзеркало показує не те, що інші дзеркала, бо воно чарівне.

— А хіба…

— Ти бажаєш спитати, а хіба бувають у світі дива, хіба буває чародійство? – випередила запитання Наталки старенька.

Наталка ствердно хитнула головою, саме це вона і збиралася запитати.

— Так, дитино, дива бувають. Наш світ неймовірно дивовижний. Люди знають лише маленьку частинку його, яку сприймають за реальність, та не відають вони, що навколо нас мана, ілюзія. Але реальність є і вона дивовижна, неймовірно дивовижна, хочу я сказати. Сіра буденність ось це ілюзія. І це дзеркало не просто скло, це свічадо істини.

— Свічадо істини? — повторила останні слова бабусі вражена дівчина.

— Саме так. Люди, дівчинко моя, не лише не відають найвищої істини, але й не можуть елементарно розрізнити, хто каже правду, а хто бреше. А це дзеркало показує найсправжнісіньку правду. Від нього нічого не сховаєш. Ось і зараз воно показує, що та старенька, яка стоїть поруч із тобою скоро покине цей світ.

— Ні, бабусю!

— Не переймайся, дитинко, ти вже не маленька, ми рано чи пізно покидаємо цей світ. Але в цьому немає нічого страшного. Смерті не існує, є лише перехід з одного стану в інший і ми ще побачимось із тобою у інших, дивовижних світах.

Стара поцілувала дівчину в чоло і та заспокоїлася.

— А тепер, — мовила далі бабуся, — я маю тобі розповісти дещо важливе. Прийде час, це буде нескоро, коли це дзеркало заговорить. Не питай мене, як може воно заговорити, але ти все це негайно зрозумієш. І тоді тобі треба буде діяти. Треба буде зачарувати його.

— Це ж як?

* * *

Наталя Борисівна Захмарна наче прокинулася. Вона знову була у своїй вітальні і тримала у руці прямокутник білого паперу, а на тумбочці стояло дзеркало у бронзовій оправі. А ще секунду тому вона була у минулому. Спогад був такий яскравий, що їй нібито здалося, як вона відчула запахи, яких давно вже немає у цій оселі.

"Зачарувати! – подумала пані Наталя. – Ось що треба зробити!"

В той же час вона згадала все, що казала їй бабуся. Її руки наче самі виводили вигадливі рухи над дзеркалом, а губи вимовляли незрозумілі слова.

Коли процедура зачарування закінчилася, дзеркало, неначе прощаючись, подало сигнал – на мить засвітилося і тут же стало таким як завжди.

Наче все було зроблено. Але жінка ще трохи постояла перед дзеркалом, роздумуючи.

— Ні! - сказала Наталя Борисівна сама до себе, — все таки треба його сховати.

Дев'ятий розділ,

в якому читач нарешті знайомиться із Ясею Захмарною

Близько сьомої години ранку у своїй кімнаті головна героїня Ярослава Захмарна почала прокидатися. Чому саме почала прокидатися, а не прокинулася? Ну, певно, на це запитання кожен з вас і так знає відповідь. Кожному відомо, як важко прокидатися зранку, як хочеться поспати десь до обіду. Так, це буває із кожним, але не кожен прокидається так, як це робить Яся Захмарна. У неї цей процес займає не п'ять та навіть не десять хвилин, а значно більше, ніж півгодини.

Спочатку до її кімнати заходить Ясина мама Наталя Борисівна.

— Яся, час вставати! — каже вона.

І це повторюється кожні п'ять хвилин, аж поки голос пані Наталі не стає суворим:

— Ти ж не бажаєш пропустити школу? — каже вона.

Звичайно ж, Яся бажає, але саме в цей час вона підводиться з ліжка і йде до ванної кімнати.

Отже Яся прокинулася і відразу відчула, яка вона нещасна. Ще б пак! Життя минає даремно, їй вже аж тринадцять років, а особисте життя не складається. Та й мама її зовсім не розуміє. Ну, ані трішечки!

Дівчинка вийшла з ванної кімнати і не привіталася з мамою. Пані Наталя тихо зітхнула, так відбувалося завжди останнім часом.

За сніданком Яся відмовилася від усього, що приготувала мама окрім кави без цукру.

— Ну ось знову все калорійне, — категорично заявила дівчинка. — Я ж тобі казала, що від грінок товстішають.

— Ну тоді спробуй яєчню, — запропонувала пані Наталя.

— Ти знущаєшся, — нагрубила Яся, — у яєчні багато холестерину.

— Ну, хоч каву ти будеш?

— Каву — буду, але без цукру, цукор — біла смерть.

Наталя Борисівна не стала сперечатися.

Ви думаєте, Яся насправді боялася потовстіти, ви думаєте вона дійсно думала так, як казала. Не смішіть мене! Бачили б ви її: худе, кістляве дівча! Просто вона все робила так, як її шкільні подружки, просто така в них була, так би мовити, мода, просто це було, як вони казали, круто.

До речі, давайте подивимось на нашу героїню уважніше, яка ж вона з себе. На кругленькому веснянкуватому обличчі ще не так давно вирізнялися великі сині очі, але зараз вони були так страшенно нафарбовані, що здавалися порожніми. Ще недавно Яся заплітала своє русяве волосся у гарну товсту косу, та тепер коса зникла, а волосся дівчинки було пофарбоване у чорний колір і волосся закривало не лише чоло, але й очі.

Вже перед тим як піти на роботу, Наталя Борисівна звернулася до дочки:

— Я сховала дзеркало, яке висіло у нас у вітальні. Май це на увазі.

Пані Наталя знала, що Яся любить багато крутитися біля дзеркала.

— Оце так! - з сарказмом мовила Яся. — З якого це

дива ти сховала моє улюблене дзеркало?

Яся була страшенно незадоволена.

— Так треба! — лише відповіла пані Наталка

— І куди, дозволь спитати, ти здогадалася його зани-кати?

— Це не має значення.

— Як це не має! Має, ще й як має.

Наталка розуміла, що нормальної розмови у них не виходить. Та й взагалі з дочкою не має контакту. Ох, треба б сісти та поговорити! Ну, що за день сьогодні! І на секунду ніби то хтось розв'язав їй вуста:

— Воно у комірчині. — Наталя Борисівна промовила те, чого не збиралася казати.

Сказала і з важким серцем пішла на роботу.

Ще недавно Яся заплітала своє
русяве волосся у гарну товсту
косу, та тепер коса зникла, а
волосся дівчинки було пофарбоване
у чорний колір і волосся
закривало не лише чоло, але й очі.

Десятий розділ,

де не лише розповідається про знайомих та подруг Ясі, але й присутня романтика

айкращими подружками Ясі були Оленка та Міленка. Це були неймовірні дівчата. Коли старенькі бабусі бачили їх на вулицях міста у сутінках, то лякалися. А все через те, що вони так розмалювали свої обличчя косметикою, що ставали схожими на вампірів, очі в них набували порожнього виду. Як вже було сказано вище, Яся теж прийняла цю жахливу моду. Волосся вони також фарбували у різні дивовижні кольори — Оленка у фіолетовий, в Міленка у помаранчевий. Ці дві дівчинки завжди ходили удвох і окрім кольору волосся та одягу були в усьому іншому страшенно схожими одна на одну, ну просто рідні сестри, та більше того — близнючки, до того ж це враження зростало від того, що навіть жести вони робили одночасно і ходили кроком нога в ногу.

А взагалі достукатися до їхніх душ була марна справа, виростали ці дівчатка пустими ляльками, у яких ані думок, ані почуттів своїх не було.

Звісно, що підтримувати таку як Оленка та Міленка моду у школі було важко, тому через головні двері школи перед очима чергових дівчата проходили у нормальному вигляді. Але надолужували своє вони потім. Вони бігли до дівчачого туалету, де в них і був салон краси, а на уроках, аби не потрапити на очі вчителям, вони сідали на останні парти і ховали обличчя.

Не дивно, що Яся натрапила на Оленку та Міленку у салоні краси, тобто у туалеті для дівчат, де їхнє розфарбовування було у самому розпалі. Та це не завадило їм затріщати як тим сорокам, як тільки вони побачили Ясю.

— Ой, привітулі! — манірно привіталися дівчата.

— А ти чула? — починала одна з дівчат бубоніти Ясі у праве вухо, тут абсолютно неважливо яка саме, наприклад Міленка і виплескувала всі відомі їй шкільні плітки.

— А ти знаєш? — підхоплювала Оленка і повторювала тільки-но сказане подружкою своїми словами і у ліве вухо Ясі.

— Та невже! Оце так! — вдавано дивувалася Яся і тут же повертала подружкам. — Ой, я тут таке оце почула...

Вилетівши із салону краси, їм тепер треба було пройтися по подіуму, тобто показати себе у всій красі перед школою. В шкільній будівлі коридори були широкими і дівчата, взявши одна одну під руки, дефілювали по всім коридорам середньої та старшої школи. Посередині йшла чорноволоса Яся, а з боків такі собі фіолетова та помаранчева кульбабки.

Не пройшли вони і половини коридору, як на горизонті з'явився дехто, хто примусив їх забути всі найцікавіші плітки. Це був найкрасивіший та наймодніший хлопець у школі, принаймні так вважали три подружки. Звали його Стасик і він був на кілька років старший за дівчат. Він ходив у довгому чорному пальті, на його ліве око падало пасмо чорного волосся і він мав неймовірно сумний вид.

Дівчата, як вже було сказано, замовкли і дивилися на високу і трохи сутулувату фігуру Стасика млосними поглядами. Та хлопець промайнув повз них навіть не приділивши їм хоч трохи уваги. Ще чого, буде він звертати свою королівську увагу на якихось там маленьких дівчаток!

А в той час, коли дівчата захоплено дивилися на шкільного красеня, біля протилежного вікна скромно і якось непомітно стояв хлопець. Це був однокласник Ясі — Ігор. Непоганий хлопчина, веснянкуватий, трохи товстенький, він був відмінник, неймовірно допитливий, справжній ерудит, капітан шкільної збірної із гри "Що? Де? Коли?". Але мало хто здогадувався, що цей хлопчина, ще далеко не атлетичної статури, дуже хоробрий. І взагалі ніхто і гадки не мав, навіть його найкращий друг, що Ігор закоханий у Ясю. Заради неї він готовий здійснити подвиг. Та якби навіть Яся знала про його почуття, вона навряд чи оцінила їх.

Одинадцятий розділ,

в якому розповідається про пригоди дуже маленького, але сміливого розвідника, який опинився на ворожій території

Все ж таки перевертень Вовкулака був неправий, змову нечисті казкового лісу чула одна істота, яку не запрошували на це зібрання. Це було маленьке потерчатко.

Потерчата це невеличкі лісові духи, що завжди допомагають людям.

Коли дрімучий ліс зник, потерчата стали ангелами охоронцями маленьких дітей. І лише ті дітки, які ще не навчились розмовляти можуть їх побачити.

Потерчатко на ім'я Бульбашко все бачив і все чув. Мов відеокамера він зафіксував у пам'яті всі плани нечистої сили по добуванню чарівної реліквії.

І коли півень проголосив, що незабаром прийде світанок, а нічна темрява почала трохи розвіюватись, нечисть закінчила своє зібрання і почала розходитись.

Вже стало досить видно, щоб розрізнити окремі речі. Небо потроху світлішало і проковтувало зорі. А потерчатко все ще сиділо у своїй схованці на дереві у маленькому дуплі. Бульбашко хотів пересвідчитись, що ніяка небезпека йому не загрожує, бо досить вже малесенькою істотою він був. І ось він наважився повернутися спиною до місця, де збиралася нечиста сила і помандрував мишачими ходами у стовбурі великого старого дерева, бо як ви вже зрозуміли, був маленький, не більше за дитячу долоньку.

Як він там лазив точно сказати не можна, а ось коли наблизився до виходу, зупинився. Мишача норка виходила до заростей. Бульбашко завагався. Щось підказувало йому, що треба бути обережним. Йому здалося, що якась тінь промайнула перед виходом. Треба було щось робити і швидко. Можливо, це просто тінь від дерева, яке хитається від вітру, а можливо, що це хтось чатує на потерчатко.

Бульбашко тоді як слід розігнався і вилетів з нори. Чоловіче око подібний рух і не помітило б, якби навіть очі людей мали змогу бачити потерчат. Але як тільки Бульбашко вилетів з отвору і опинився серед кущів, позад нього почулося дике волання та шум від падіння чогось не дуже вже і великого.

Це був Кіт!

Але як же він вислідив Бульбашка?

Перед тим як закінчувалося зібрання нечисті, Кіт почув у своєму нутрі якийсь неспокій. Він почав принюхуватись до речей навколо, прислухатись до тонких звуків. А коли чорти і відьми залишили Лису гору, він обернувся котом, обійшов довкола каменю, і дослухався таки, де саме ховається розвідник.

З першої спроби коту не вдалося схопити здобич, але шансів втекти у потерчатка майже не було. Бульбашко біг так швидко, що вітер свистів. Кіт позаду стрибками наздоганяв його. Бульбашко вже в думках прощався з цим світом, коли вирішив: "Зупинюсь! І хай таки, що буде, те й буде!" І ось коли він став, на очі йому трапилась стічна канава, потік якої струмочком збігав у кущі. В цю хвилину Бульбашка осяяла ідея. Він прожогом кинувся до кущів. На щастя вони були зовсім близько.

А Кіт вже наближався. Лише один стрибок йому лишилося здійснити, щоб схопити потерчатко. Чорнолапий

41

вже уявляв, як він розправиться з доброю істотою. Ось він стрибає у кущі. І знов у вранішнє небо полетіло котяче волання. Але було у цьому крику не торжество, а розпач і біль.

А справа була в тому, що за листям і травою, була схована труба, куди і біг брудний струмок стічної канави. Бульбашко прослизнув туди, і течія швидко понесла його до іншого кінця. А ось Кіт, як виявилося, був завеликий для труби і він з усього розмаху влетів в неї, так там і застряг, до того ж ще боляче вдарившись головою.

Брудний струмок виніс Бульбашка в маленький ставок. Схопившись за деревинку, потерчатко відплив подалі від берега.

"Що ж робити? — подумав Бульбашко, — Кіт за хвилину очуняє і тоді не минути мені його пазурів".

Бульбашко з сумом думав, що далі в нього немає варіантів, та ось почув такі приємні звуки, що доносились з очерету.

Це були качки, гніздо яких було у заростях!

Через хвилину з маленького брудного ставка злетів селезень і взяв курс на місто N. На його спині сидів маленький хоробрий потерчатко Бульбашко.

Дванадцятий розділ,

в якому подаються не лише географічні відомості про місто N, але й розповідається про ще одних незвичних істот

Давайте, шановний читачу, разом з селезнем Тарасом піднімемось над містом N і оглянемо його. Ось воно розкинулося вздовж правого берега Дніпра зі сходу на захід. І відразу ж впадає в око різниця між західною околицею та східною. Перша має доволі непривабливий вигляд: два хімічних заводи, що розфарбовують небо, воду та землю у відходи всіх кольорів веселки; залізниця, яка майже постійно пропускає через себе потяги з вугіллям і різною хімією; та звалище. А ось протилежна околиця порадує душу красивим і здоровим лісом.

Це була дивна місцина. Одним людям вона подобалася, вони знаходили тут затишок та відпочинок від шумних вулиць міста. А ось інші чомусь боялися того лісу і називали це урочище Проклятим. Вони навіть розповідали жахливі історії про нечисть, яка там живе і лише думає, як звести людей зі світу.

Та в дійсності вся справа була не у лісі, а в самих людях, бо було це урочище царством чарівної доброї сили, це був клаптик того самого Заповідного лісу, який дивом зберігся до наших днів.

І зробили це диво добряки на чолі з лісовим дідом Кремезом. Які лише дива не чинив лісовик, аби зберегти урочище від лихих людей. Мисливців він іноді заплутував, іноді лякав, а іноді заводив своїми оманами в болото. Той, хто залишався живим після цього і повертався додому, розповідав потім жахливі речі.

Та не від зла робив це лісовий дід, а з любові до своїх підопічних: рослин та тварин. А ось добрим людям дідусь ніколи не робив лиха. Коли в його ліс заходили по ягоди чи по гриби, дід Лісовик слідкував, щоб, вони не заблукали у лісі. Як добрі люди - то ласкаво просимо!

І ще не любив Лісовик, щоб хтось оселявся у його урочищі. І скільки разів не пробували будувати там люди, нічого не виходило у них. А в сучасні роки, коли спробували звести житловий масив на околиці цього урочища, то земля під будівлями почала осідати. Люди покинули їх і великі п'ятиповерхові коробки так і лишилися порожніми. Дід Кремез сердився і земля все більше осідала під будинками, немов поглинала небажані предмети.

Кремез був духом надзвичайно старого дуба. Цей дуб народився в таку сиву давнину, коли ще по землі ходили тварини, про яких тепер лише казки розповідають і сама земля в ті часи була зовсім іншою. Ріс дуб дуже довго і виріс таким величезним, що навіть уявити важко. Дуб той мав дивний вигляд: з одного кореню виросло кілька стовбурів, які з часом зрослися, залишивши посеред себе простір. Там і мешкав Кремез. Коли став дули з Кремезом дуже старими, земля почала змінюватися, болото обступило все навкруги, а потім поглинуло величезну рослину у своїй трясовині, поховало на довгі роки. Але Кремез не помер, а лише заснув на диво довгим сном, щоб прокинутися вже в новому часі.

За ті роки світ дуже змінився, прокотився по землі льодовик та розтанув. Дуб знову вийшов на поверхню землі, але був вже суцільно кам'яним.

Здалеку Дуб виглядав як сіра скеля, на який ростуть молоді дубки та на уступах в'ють свої гнізда птахи. Та ніхто з людей не міг близько підійти до серця урочища. Бо Кремез оточив ділянку навкруги дуба балками, які зробив непрохідними через зарості чагарнику та страшні болота.

І хоч знаходилися шибайголови та різні дослідники, які наважувалися пройти на цей острівець, то доля у них була сумною. В найкращому випадку вони поверталися лише наляканими.

От як охороняв свій край лісовий дід Кремез.

В той час, коли у квартирі Захмарних стіни набули вуха, сонце простягнуло свої промені до кремезового лісу. Тумани поволі почали розвіюватися, птахи вже співали на повний голос, дерева шелестіли листям, вітаючи новий день.

Зазирнемо в середину дуба, у красиву величну залу, створену природою. Туди, де промені сонця пронизували напівтемряву і створювали неповторну атмосферу, де стіни були обплетені коренями дерев, що росли на дубі-скелі, лісовий дід Кремез сідав зі своїм народом за сніданок.

Накривали на стіл Хуха - племінниця Кремеза, та його онука Мавка. Допомагали їм різні птахи та звірі.

— А де ж це Повітруля завіялася? — пробурчав Кремез. - От дівка, один вітер у голові!

— Не переймайся, куме, — відповів Польовик, — вона дівчина спритна, без сніданку не залишиться.

— Спритна, спритна... — лише посміхнувся у сиву бороду лісовик.

Дядько Польовик виявився правий, Повітруля встигла і сніданок розпочався.

Не встигли добрячки скуштувати по ложці меду, як

знадвору почулося хлопання крил, крякання, а потім наче хтось пропищав. Кремез незадоволено відірвався від каші з квітів.

— А ну, унучка, подивись, що там за катавасія. — попросив він Мавку.

Виявилося що це потерчатко Бульбашко прибув на селезні Тарасі, а поза як качки не дуже вправно сідають на твердь земну, бо звикли до води, то маленька істота злетіла зі спини селезня та, забившись, лежала непритомною.

Мавка принесла їх обох до дідуся.

— От біда! - похитав головою Кремез. — Ну, ось що, селезня нагодуйте, а Бульбашком я сам займуся.

Кремез дуже обережно взяв у свої великі вузлуваті грубі долоні потерча.

Лісовий дід лікував силою матері-землі. Бульбашко, який був дуже блідий почав трохи вичунювати і за хвилину відкрив очі. Побачивши, де він, тут же схопився на ноги:

— Діду, ой, таке трапилось, таке! – заголосив одразу маленький чоловічок. – Ой! Таке може бути, такий жах!

Тринадцятий розділ,

в якому Яся сердиться

Яся поверталася додому звичною дорогою і зовсім не звертала уваги на дивні речі. А ті траплялися на кожному кроці. Наприклад, кущ кипарису, повз який вона проходила, раптом вискочив із землі та на коренях як на ніжках побіг слідом за дівчиною. Через кілька кроків він знову приріс до землі. Коли Яся йшла по вулиці, то абсолютно не звернула уваги на величезний чорний лімузин, з вікна якого на неї уважно дивився якийсь лисий пан у темних окулярах. А у її дворі вона не помітила, як майже із кожного вікна за нею хтось уважно слідкує. І якби вона придивилася, то помітила, що з вікна на третьому поверсі другого під'їзду дивиться вусатий брюнет. Хоча ті вікна належали квартирі, де мешкала одинока баба Зіна, в якій родичів не було. З іншого вікна виглядав вже знайомий нам Модест Полугаєвский, який насправді був упирем. У нього був такий переляканий вигляд, що можна було подумати наче це не він вистежує Ясю, а сам від когось ховається. Ще там виглядали різні фізіономії, лисі, кудлаті, бородаті. Зрозуміло, хто в той день шпигував за дівчиною. Це була нечиста сила.

Вдома Яся закинула свої шкільні речі, так сяк пообідала та взялася до свого улюбленого останнім часом заняття — приміряти різний одяг. Вона повитягала та порозвішувала скрізь по кімнаті, де лише можна сукні, спідниці, брюки, блузки та інший одяг та причандалля. І тільки-но вона зібралася подивитися, як на ній буде виглядати якась там сукня, як згадала, що роздивитися себе не буде можливості, бо єдине велике дзеркало, що висіло у вітальні, мама чомусь заховала у комірчині.

— Ну ось! — подумала Яся. — Ще чого, сховала дзеркало!

Дівчина дуже сердилася на маму. "Не в люстерко ж мені дивитися!" Яся ніяк не могла змиритися з обставинами.

— Ні! - вимовила вона вголос, неначе у кімнаті хтось був. — Якщо я хочу, ніхто мені не заборонить! А я хочу!

Вона навіть топнула ногою.

Якби ж вона знала, що слова її чують в цей момент. Стінний та Пенат слідкували за Ясею. Стінний дивися своїми величезними очима зі стіни над шафою для одягу. Його очі та рот можна було навіть досить чітко розрізнити, але вони настільки співпадали з малюнком шпалер, що ці риси його обличчя можна було прийняти за гру фантазії. А маленький Пенат виглядав з-під ліжка. Почувши сердиті слова дівчини, добрі духи так занепокоїлися, що ледь себе не виказали. Вони розуміли, яка може бути біда.

А Яся рішуче попрямувала до комірчини.

Чотирнадцятий розділ,

де ватажок добряків дід Кремез починає діяти

Ми залишили добряків, коли Бульбашко очуняв в руках діда Кремеза. Негайно сміливе потерчатко розповів все, що бачив і чув на зібранні нечисті.

— Он воно, — стурбовано погладив свою сиву бороду Кремез. — Ну, що ж, добряки, думайте, що робити!

У дубовій печері запала тиша.

— Ну, що надумали? – спитав дід через кілька хвилин.

— От якби дізнатися, де ж ті люди мешкають, у яких дзеркало, – сказав дід Польовик.

— Непогано було б. А як?

— А там, де нечисть скупчується, там завжди побачити можна самі знаєте що.

— От це правильно, де нечисть, там і дзеркало. Ось що, діти мої, ти, Зміївно, повзи по норах, шукай під землею.

В наступну мить Зміївна вдарилася об землю, перетворилася на красиву змійку і прослизнула в нору. Мавка

49

перетворилася на рибку і плигнула у колодязь, а Повітруля вилетіла через дупло легким вітерцем.

Настали хвилини чекання.

Кремез почав походжати залою з одного кута в інший, а Польовик, Хуха, потерчата та звірі сиділи як зачаровані та слідкували за дідом, поводячи головами з боку в бік.

Час від часу лісний дід зупинявся і прислухався до якихось звуків:

— Що? Повертаються?

Та то були не його онуки.

Минула година і повернулася Зміївна.

— Бачила, як жуки, змії та кроти з іншими підземними мешканцями тікають з городу, — сказала вона, — а ось нечисті не бачила.

— От біда!

Через кілька хвилин повернулася Мавка.

— Батьку, я бачила, що риби та інші водяні мешканці тікають від берегів міста, — промовила вона, — а ось нечисті не бачила.

І тут повернулася Повітруля.

— Птахи летять із городу! — крикнула вона. — Біда буде.

— Та ти кажи, чи нечисть бачила?

— Бачила, бачила, я знаю, де вони зібралися.

— Ну, тоді у дорогу.

Кремез піднявся по каменях, які на стіні печери утворювали спіральні сходи і вийшов на уступ у скелі. Звідти було видно не лише весь ліс, а й місто. За лісовиком піднялася і Мавка.

В той же час орел, який кружляв у височині, почав спускатися до скелі. Коли він наблизився, можна було побачити, який цей птах величезний. Кремез з Мавкою і Бульбашком у руках лісової дівчини розмістилися на його спині. Орел стрибнув у прірву, і коли здавалося, що він розіб'ється, розкрив свої величезні крила і полетів.

Бульбашко, який ще не відійшов від польоту на спині селезня, прошепотів до Мавки:

— А я вже думав, що нам гаплик.

— Ну, що ти! — посміхнулася Мавка. — Орел дуже сильний.

Поруч з орлом летіла легка Повітруля. Коли висота була така велика, що земля здавалася розмальованим килимом, добряки побачили ознаки біди.

П'ятнадцятий розділ,

де з Ясею трапляється щось неймовірне

Отже Яся рішучими кроками попрямувала до комірчини. І хоча пані Наталя зачинила двері невеличкої комори, для дівчини в цій квартирі зачинених дверей не існувало. Та дарма Яся не послухалася маму. Про це вона пожалкує і це трапиться незабаром.

Отже дверцята комірчини через п'ять хвилин були відімкнені, Яся взялася за ручку, аби відкрити двері і... В цей час Стінний, який був у стіні за спиною дівчини в передчутті чогось страшного навіть затрусився, від чого у квартирі стався маленький землетрус, задзеленчав посуд на кухні, захиталися стіни. Та Яся цього не помітила. А Пенат просто від хвилювання заплющив очі і обкрутив себе хвостиком.

Двері зарипіли і відкрилися. Але що ж це? Яся спочатку не могла зрозуміти, що ж трапилося, замість маленького приміщення, де лежав всякий мотлох, її очам відкрився якийсь коридор.

Вона прожогом кинулася назад у кімнату, з якої вийшла лише хвилину тому, зазирнула у вікно і... Тут не те що машини, не те що хатинки, взагалі нічого схожого. У засніженому, от що дивовижно, полі одиноко стоїть голе дерево! І що тут можна було подумати!

Шістнадцятий розділ,

в якому Яся опиняється у дивному світі і губиться у неймовірній квартирі

Спочатку дівчина просто не могла збагнути, що ж перед її очима.

— Так, — знову вимовила вона вголос, — це у мене щось з очима, чи це насправді?

Яся не могла підібрати слів. Що було думати? Що це марення? Чи що сусіди провели коридор до їхньої квартири?

Вона заплющила очі, потім відкрила. Коридор не зник, а комірчина на його місці не з'явилася.

І тоді Яся зробила крок. Вона ступила у простір коридору.

Коридорчик був вузенький та низенький, у ширину і висоту не більший за двері комірчини. Стіни були складені зі старої жовтої цегли, яка місцями взялася пліснявою. Ні, цей коридор не міг бути новим. Яся вже нічого не гадала, вона просто йшла. Вперед її штовхала цікавість. Коридорчик завертав і у лівий бік, десь там було джерело світла, такого химерного. А втім, все досить виразно і чітко можна було роздивитися.

Завернувши за кривий поворот, Яся побачила ту ж саму картину. Знову той самий коридор, десь там щось світить, але не видно джерела світла, а коридор знову завертає та вже у правий бік. І тут в неї сяйнула думка, а чи не повернути їй назад, зачинити двері і забути про всю цю незрозумілу чудасію. Вона навіть трохи постояла, вона навіть ступила один крок у зворотному напрямку, але в наступну мить знову подивилася на коридор. Куди ж він веде? Ні, не можна вертатися, не розгадавши таємниці. І Яся продовжила шлях. Через хвилину дівчина з'ясувала, що коридор закінчується стіною з дверима.

Трохи подумавши, вона відчинила ці двері.

За дверима вона побачила нібито вітальню якоїсь квартири: вузький коридор, освітлений тьмяною лампочкою без абажура, шпалери, які вицвіли на стінах, дощата підлога у величезних щілинах, роги дерев'яної вішалки. В глибині коридору вона побачила нові двері із залізним засувом. Коротше кажучи, інтер'єр наших бабусь, десь таке подумала Яся.

Вона пройшлася по рипучим дошкам підлоги. В очі било світло розжареної спіралі. Як це не дивно, але далі вели знову лише одні двері, у які Ясі знову захотілося зазирнути. Це аж ніяк не останні двері, які вона відкриє у той день. Вона взялася за металеву скобу у замку і відсунула важіль, двері відразу відступили, відкривши очам дівчини дивну кімнату. Вона уважно все оглянула.

На підлозі смугасті підстилки і строкаті килимки, якісь скорчені меблі, дзеркала та годинники, тікання яких було єдиним звуком у порожній кімнаті.

— Дуже старомодно, — по старій звичці промовила ні до кого Яся, - але затишно.

І пішла далі в іншу кімнату. Вона походжала із одної кімнати до іншої, нічого особливого, квартира як квартира, скрізь схожа обстановка. Досить швидко їй це все набридло і вона захотіла додому.

Та що це! Всі кінці сховалися і вихід кудись зник.

Як це не дивно, але жодної живої душі навколо, хоча складалося враження, що ось-ось хтось увійде до цієї квартири-лабіринту.

Усі кімнати були прохідні і розташовувалися дуже дивно, коротше кажучи, сталося так, що Яся заблукала. Але спочатку вона думала, що нічого страшного тут немає, бо не сто ж кімнат у цій квартирі. Але як же вона помилялася!

Вона поблукала із п'ять хвилин і тут задумалася.

— Як це так, — подумала дівчинка, — невже не можна знайти вихід?

Оце так! Це якась незбагненна квартира! Скільки ж тут кімнат? Вона почала рахувати, але за короткий час, переходячи з однієї до іншої кімнати нарахувала двадцять і кінця ліку не було видно.

— Це стає кумедним, — посміхнулася невесело Яся, — заблукати в трьох соснах. Не треба було взагалі заходити в цей коридор. І чому я лише пішла сюди?

Визирнула у вікно: якась незнайома вулиця, дорога, вздовж неї кущі і їде старомодна машина. Так, добре. Вона вийшла в сусідню кімнату, знову визирнула у вікно. Ні тобі машини, ні дороги, якась стара хатинка під солом'яною стріхою, а навколо ліс. Нічого собі!

На жаль Яся вже підзабула казки, які вона читала, коли була малою, а класичну літературу вона, можна сказати, не читала, лише те, що задають у школі, та й то у полегшеному викладі. І тому вона не могла згадати слова одного персонажа, про те, що можна розсунути межі простору до біс його знає яких меж.

Заклякнення не продовжувалося довго. Вона прожогом кинулася назад у кімнату, з якої вийшла лише хвилину тому, зазирнула у вікно і... Тут не те що машини, не те що хатинки, взагалі нічого схожого. У засніженому, от що дивовижно, полі одиноко стоїть голе дерево! І що тут можна було подумати!

В голові у Ясі шуміло, як у котлі, думки розбігалися як таргани при світлі електричної лампочки, а світ став сприйматися немов скрізь тьмяне скло.

Та все ж в голову у Ясі сяйнула думка: треба обрати напрямок і йти, це хоч до чогось, та приведе. Та чим далі вона йшла, тим безнадійнішим здавалося їй її положення, вона була вже готова не те що заплакати, а заревіти, сльози були готовими текти з її очей невеселими струмочками. І все ж таки недивлячись на такий стан, якимось внутрішнім я, яке залишалося спокійним, вона з цікавістю оглядала все, що траплялося їй на шляху.

Ось дуже темна кімната, посеред якої стоїть стіл, застелений темно-червоною скатертиною, а на столі лежить білий людський череп, що світиться. Не дивно, що Яся ледь не втратила свідомість, побачивши таке.

Ще одна кімната, яка залишилася у її пам'яті: велика, дуже красиво обставлена, по кутам стояли гарні крісла чудові меблі із червоного дерева, персидські килими і велике вікно, за яким шумить зелений ліс.

Пройшовши триста шістдесяту, як їй здалося, кімнату, Яся збагнула, що це блукання ні до чого не приведе. І як це не дивно, вона заспокоїлася, та вирішила спокійно обдумати своє положення.

Вона присіла на краєчок канапи, яка їй трапилася.

— Отже, — міркувала Яся, — спочатку подумаємо про те, де ж це я опинилася. Якщо розміркувати логічно, то я пройшла відстань набагато більшу, ніж довжина нашого будинку, що на вулиці Довгій. Може на нашій вулиці взагалі немає таких будинків.

Ясі здавалося, що вона пройшла із десять кілометрів.

І тут вона вирішила провести один експеримент, бо в неї з'явилася здогадка. Вона вийшла у сусідню кімнату, побула там недовго і увійшла назад крізь ті ж самі двері. І що ж? Це була вже зовсім інша кімната!

— Я в паралельному світі! — подумала Яся.

Все ж таки кіно вона дивилася.

Після цього відкриття, вона зрозуміла, що так просто їй вже не потрапити додому. Вона пішла навмання і вже зібралася плакати, як у першій же кімнаті зустріла людей.

Сімнадцятий розділ,

де Яся потрапляє у дивну компанію до вже знайомих нам істот з Лисої гори

Очам дівчини відкрилася доволі велика кімната. Але простір цього приміщення був так заставлений різноманітними меблями та речами, що здавалося відчувається нестача місця. Та серед усіх предметів вирізнявся стіл, над яким низько висіла люстра з великим тканинним абажуром. Таким чином саме стіл, накритий строкатою скатертиною і був яскраво освітлений, а решта кімнати потопала у напівтемряві.

Та найцікавішим було не це, а те що за столом сиділи люди. Їх було троє. Три жінки. Вони були одягнуті, як здалося Ясі, за модою ще дев'ятнадцятого століття: довгі спідниці і таке інше. Ці дамочки азартно грали у карти. Яся стояла майже біля столу, затамувавши подих. Вона не знала, що їй робити. Як звернутися до незнайомих, як пояснити свою присутність у цьому дивовижному просторі, про що їх взагалі питати. Вона довго стояла. Була мить, коли вона вже зібралася тихесенько обійти стіл, та вийти з кімнати через інші двері, як одна з дамочок повернулася до дівчини і сказала:

— Дівчата, у нас поповнення! Хто ти, миле дитя?

— Я Яся, — тихесенько відповіла дівчина і чомусь зробила реверанс.

— Дівчата, ви чули, це Яся! Ну що ж, дитино, сідай. А ну, стара, поквапся, накрий нам на стіл.

Яся дуже несміливо присіла на самий краєчок стільця. І тут вона побачила, що гральні карти, що в безладі лежали на столі, за якусь мить зникли, просто розчинилися у повітрі.

Жінка, яку назвали старою, відразу ж, як їй наказали, зіскочила зі стільця і кинулася до шафи. Звідти вона дістала не каструлі та тарілки, а якусь стареньку, як здалося Ясі, ганчірку. Цю стару ганчірочку чомусь поклали на стіл.

— Ну, що будемо замовляти, дівчата? — спитала балакуча жінка, що перша побачила Ясю.

Треба сказати, що сівши за стіл, Яся могла роздивитися цих трьох жінок значно краще. Зліва від неї сиділа та сама балакуча жіночка, яка і помітила Ясю. Ця язиката Хвеська, як назвала її подумки дівчинка, була одягнута по селянському: у сорочку-голошийку, якусь вишиту спідницю, на голові якось по-чудернацькому була зав'язана хустина, а шия була прикрашена намистом. Те, як вона це все носила давало вигляду цієї, так званої, Хвеськи якийсь бойовий вигляд. Навпроти Ясі сиділа та сама прудка стара. Дівчинці було і кумедно і сумно дивитися на неї, бо баба так вього була закутана у різне хламіддя, що, здавалося щойно вийшла з лісу. Але ця згорблена баба була дуже жвава. Її зморшкувате обличчя викликало поміж усього і симпатію.

Лише одного разу поглянула Яся у бік тієї особи, що сиділа праворуч і більше вже дивитися на неї бажання не виникало. Там сиділа жіночка, що лише по одягу і здалеку могла б викликати враження елегантності та вишуканості. Вона була одягнута за модою певно тридцятих років двадцятого століття, її волосся було намащене якоюсь рідиною, аби тримати у формі кучері. Так, тут все було нормально, але ось обличчя було жахливим, неприродно блідим, із дуже сильно підмальованими очима, воно здавалося абсолютно неживим, а очі були ще жахливішими, порожніми, якимись прозоро білими, без кольору. Ясі навіть здалося, що від цієї жінки-вамп віє холодом, тому дівчинка трохи відсунулася від неї.

Так ось, Яся чекала, коли і яким чином на столі з'явиться їжа.

— Хлібчика б! — побажала скрипучим голосом баба.

— Ковбаски, галушок, млинців, медку, борщику, вареників... — продовжила Хвеська.

— Огірочків! — продовжила бабуся.

— Огірочків солоненьких, як же без них.

Після того, як замовлення були зроблені, Хвеська плеснула у долоні та промовила:

— Торбино, торбинко, дай нам поїсти та попити!

І через мить сталося диво, торбинка, про яку Яся подумала, що то ганчірка, розкрилася і з неї почали вилітати тарілки зі стравами та горщики з напоями. Через хвилинку стіл вже ломився від їжі та напоїв. А які смачненькі запахи!

Почали гуляти.

Попоївши та випивши компанію потягнуло поспівати.

— От ти повіриш, — знов вела Солоха, звертаючись до Ясі, — так іноді сумно стає. Ех, що наше життя. Заспіваємо дівчата!

Солоха зняла зі стіни бандуру і поклала її перед собою на стіл.

— Бандуро, бандуро! Заграй нам сумну пісню, щоб душа простяглася.

І бандура заграла сама собою, а жінки заспівали пісню.

І треба сказати непогано вони співали, у Ясі навіть сльозинка в оці від розчулення з'явилася. Їй вже починали подобатися ці дивні жінки.

Проспівавши сумну пісню, вони захотіли потанцювати під веселу музику. І знову бандура заграла, але вже так швидко, що жіночки вибивали просто таки барабанний дріб своїми каблуками.

Нарешті втомилися, сіли.

І в цей час наче з-за дверей почулися якісь кроки. Це було схоже нібито по довгому порожньому коридору хтось неспішно, але невідворотно наближається. Почувши ці кроки жіночки заклякли. На їхніх обличчях був переляк. А жінка-вамп взагалі зблідла настільки, що її шкіра стала напівпрозора у самому буквальному сенсі і проступили абриси її черепу. Добре, що Яся в цей час на неї не дивилася.

— Дід! Це дід іде! — загомоніли за столом. — Тікаймо!

Яся не знала, що то за дід такий був, але також перелякалася.

— Тікаймо! — ще раз заволала Хвеська і, схопивши за руку Ясю, побігла до дверей.

І в той момент, коли жінки схопилися зі своїх місць, сталося дещо таке, що примусило Ясю, хоча вона і була вже налякана, на мить зупинитися. Всі речі, які були у кімнаті, неначе ожили, вони почали рухатися і складатися самі собою. Всі меблі: стіл, крісла, комод, шафа, канапа за кілька секунд склалися і суттєво зменшилися у розмірах. Але далі відбулося щось неймовірне, у предметів з'явилися ноги, ці кінцівки були досить кумедними, вони скидалися на якісь гумові відростки, але на цих ніжках предмети почали бігти слідом за жінками.

Яся не встигла роздивитися весь цей процес в деталях, бо Хвеська потягнула її за собою.

Таким чином саме стіл, накритий
строкатою скатертиною і був
яскраво освітлений, а решта
кімнати потопала у напівтемряві.

Вісімнадцятий розділ,

в якому Яся збирається на бал

Дивна компанія бігла вузеньким, довгим, темним коридором та ще й з такою швидкістю, якої Яся не очікувала від своїх нових знайомих. Але дівчинка не бачила, що бігла лише вона, а жінки пересувалися не зовсім природнім способом, вони летіли над землею, невідомо для чого перебираючи ногами. Позаду компанії чулося тупотіння цілого натовпу, це бігли меблі та речі.

Ясі весь час хотілося спитати, хто ж такий цей таємничий і страшний дід, але вони рухалися занадто швидко і їй ледь вистачало сил встигати.

Нарешті вони забігли до якоїсь порожньої кімнати.

— Ну, що дівчата, здається втекли? — промовила Хвеська.

— Втекли, втекли, — пробурчала у відповідь старенька.

В цей час до кімнати вбігли меблі та речі і заклякли, немов чогось чекаючи.

Хвеська постояла трохи прислухаючись до віддалених звуків.

— Втекли! — і вона плеснула в долоні.

І в наступну мить всі меблі розгорнулися та поставали на свої місця. Знову була точно така сама обстановка, як і в тій кімнаті, з якої вони втекли.

— Ну що, дитино, — звернулася до Ясі балакуча жіночка, — бажаєш, щоб тьотя Солоха повела тебе на бал?

Від несподіванки Яся не знала, що і відповісти.

— А хто це тьотя Солоха? — чомусь спитала дівчина.

— А це я! — промовила жінка, яку Яся подумки називала язикатою Хвеською, і кокетливо зашарілася.

— А це мої подружки, — вела далі Солоха, — Ягуся, старенька бабуся та Маронька.

Ви вже зрозуміли, мої розумні читачі, до кого ж потрапила Яся. Так це була нечиста сила, як тільки Яся відчинила двері комірчини, вона потрапила у пастку, зроблену нечистими дрімучого лісу. На жаль, добряки не встигли. І тепер бідна дівчинка все більше застрягала у цю пастку, хоча їй здавалося, що перед нею відкриваються небачені можливості. Бал! Так, звичайно, вона мріяла про бал.

— Але ж мені нема чого одягти на бал. — завагалася Яся.

— Про це, сонечко, не хвилюйся, — Солоха плеснула у долоні і в той же час до них підскочило велике дзеркало і стало перед дівчинкою.

— Гей, стара, неси-но, сама знаєш що.

І бабуся Ягуся через хвилинку з'явилася з невеличкою скринькою. Яся подумала, що там якась дорогоцінна річ, принаймні щось золоте, але Солоха витягла звідти з величезною обережністю, наче то було скло, два нібито звичайнісіньких капелюшки від жолудів.

— Ну ось, — промовила Солоха, — беремо жолуді і раз!

В наступну мить сталося диво, вбрання Солохи зникло і вона через секунду опинилася у зовсім іншій сукні, стильній неначе прямо з модного показу.

— А тепер два!

І Солоха вже і в таких стильних черевиках, що ах!

— І нарешті три!

І зачіска у Солохи тепер така, мов вона кілька годин сиділа у салоні краси.

— Тримай! — протягнула нова Ясина подружка жолуді дівчині. — Тепер твої мрії збудуться!

Яся взяла до рук жолуді і через півгодини її вже не можна було впізнати. Вона була схожа на ангела.

— Яка красуня, — промовили всі жінки хором.

— Стасик зомліє! — тихесенько сказала Солоха.

"Як? — подумала Яся, — на балу буде Стасик!"

І в цей момент знову сталася несподіванка. Солоха щось там почула і заволала:

— Дід, дід летить!

Знову всі заметушилися. Солоха не знала, в які двері їй вибігти, вона бігла то вправо, то потім вліво, тримаючи за руку бідну Ясю. Ягуся та Мара взагалі зіштовхнулися мов дві машини. При цьому Мара стала зовсім прозорою як скло, а Ягуся впала на підлогу з гуркотом колоди. Меблі теж схопилися, та не встигши до кінця скластися, бігали з кута у кут, безлад стояв ще той.

Так, цього разу той таємничий і страшний дід саме летів, бо через хвилину почулося хлопання крил наче це летів якийсь велетенський, як птеродактиль птах. Яся ніяк не могла збагнути, як це такий птах зміг літати у тісних кімнатах. Аж ось Солоха наважилася таки вискочити скрізь одні з дверей. І в той час, як ноги Ясі зробили останній крок по кімнаті, дівчинка відчула що падає невідомо куди, довкола була суцільна темрява. Вона навіть не встигла злякатися і тут відчула, що мчиться скрізь простір на чомусь твердому, та точно вже не падає. Помацавши предмет, вона вирішила, що це складена шафа.

І тут з'явилося світло, неначе запалили ліхтар. Тепер вона бачила, що летить не одна. Поруч мчали її нові подруги і всі на меблях, у яких цього разу були вже не ноги, а крила.

Зграя меблів летіла в напрямку вогнів, що мерехтіли десь вдалині. Яся вирішила, що це місто, але пояснити, як вони опинилися у повітрі та ще й за містом вона не могла. Та й не до того їй було, зачіска, яку вона так довго придумувала зовсім скуйовдилася. В такому вигляді на бал не ходять, вирішила Яся, і тому непокоїлася, чи отримає вона ще раз у руки ті чудесні капелюшки від жолудів.

Вогні, до яких вони летіли, виявилися містом. Це було дивне місто. Коли вони нарешті підлетіли до нього, Яся змогла роздивитися його споруди. Будівлі були самих різноманітних форм: у вигляді циліндрів, пірамід, конусів. Складалося таке враження, що більшість будинків було виточено на токарському верстаті. Взагалі здавалося, що це не місто, а якийсь завод, чи кладовище, бо не було ані натяку на присутність живої душі: не було ані людей, ані машин, ані трамваїв на вулицях. І хоча все було дуже гарно освітлено, виникало враження покинутої місцевості. Та й взагалі скидалося на те, що ці споруди не були будинками, а декораціями, зробленими з бетону, сталі та скла, нібито вони були суцільною масою, без приміщень та будь-яких внутрішніх вільних просторів.

Все це було дуже незвичайно і Яся забула про страх, хоча вони летіли на досить поважній висоті.

Дев'ятнадцятий розділ,

в якому Яся не дуже то й веселиться на балу

Аж ось Яся вгледіла найбільшу споруду цього дивного міста. Це було щось на зразок кількох велетенських циліндрів поставлених один на одній. Башта була схожа на телевізійну вежу, але була набагато більш товстою. Вінчав башту гострий шпиль. Один із циліндрів, що був найбільшого діаметру світився дуже яскравим світлом. Коли дивна зграя складених меблів, підлетіла ближче, можна було побачити, що цей циліндр являє собою просторую залу з великими вікнами, можна було сказати, що по всій окружності було суцільне вікно і тому можна було роздивитися все, що діється всередині цієї круглої зали. А роздивлятися було що.

Все це приміщення було заповнено веселою юрбою яскраво одягнених людей. Там було якесь свято.

"Так невже тут буде бал?" - подумала Яся. Наступні її думки були вже про те, що ось бал вже близько, а вона певно після цього шаленого польоту схожа на опудало.

— Так, дівчата, — викрикнула Солоха, яка мчала на

складеній софі, — треба причепуритися!

Вона нібито читала думки Ясі. Підправляти зачіски та одяг компанії довелося просто у повітрі, добре, що Солоха не загубила, недивлячись на всю дурну метушню, чарівні жолуді.

Зробивши коло біля вежі, зграя із неймовірних літаючих, складених меблів залетіла у великий отвір на башті. Як побачила Яся, не лише вони залітали у ці ворота. Гості збиралися на бал, користуючись різноманітними засобами пересування. Ось худенький старий у яскравому халаті, розшитому зірками та трьохвершинним ковпаком на голові летить на великій шаховій дошці. Ось джентльмен, одягнений у елегантний фрачний костюм і високий циліндр, який правив йому за капелюх, летить на дивному велосипеді. Замість коліс у цього засобу пересування перетинчасті кажанячі крила, які змахують при кожному оберті педалей. Трохи далі строката компанія із дівчат та хлопців мчить у повітрі. І кожен сидить всередині великої мушлі, розмістившись там як у кріслі.

Охороняли величезні ворота два сплячих велетня. Яся тоді ще не відала, що вони аж ніяк не спали, навпаки, коли в них заплющені очі, вони все відчувають, все бачать, а ось сплять вони з відкритими очима.

Проскочивши із вітерцем недовгий коридор, компанія, що летіла верхи на меблях, зупинилася. Тут було місце, де всі покидали свої транспортні засоби, якими б ті не були, звичайними чи чудесними. Тут всі гості йшли юрбою і скоро вийшли до великої, яскраво освітленої зали. Та втім Яся відразу зрозуміла, що це не та зала, яку вона бачила крізь вікна, коли летіла ззовні. Тут біля підніжжя широких мармурових сходів гостей зустрічав дивний мужчина разом із шикарною красунею у неймовірній сукні.

Цей чоловік був настільки незвичайний, що треба зупинитися на його зовнішності і роздивитися ретельно. Він був невеликого зросту, можливо, навіть не вищий за Ясю.

Хоча треба сказати, що за останній рік дівчина добряче витягнулася і тепер навіть була вищою за свою маму, що поробиш — акселерація. Так ось, чоловік був невеликого зросту, та втім була в ньому якась впевненість. Якщо він дивився на гостей вищих за себе, то здавалося, що він дивиться зверху вниз. А коли хтось трохи нахилявся до нього, то скидалося на те нібито вони тягнуться вгору. Його голова була повністю позбавлена волосся і лисина була така блискуча, що в ній легко можна було побачити віддзеркалювання люстр. Він носив стильну іспанську борідку та чорні окуляри із прямокутними скельцями. Риси його обличчя були крупними, м'ясистими та й взагалі в нього була крупна голова. Довершували картину неймовірно густі, великі брова. Навіть складалося враження, що волосся переселилося із голови на брова.

Та найбільше враження на Ясю справив його костюм. Це був якийсь нібито військовий мундир, що увібрав у себе моду кількох століть. Костюм був такий строкатий, що здавався б чудернацьким клоунським вбранням, якби був на комусь іншому. Тут мали місце широкі білі брюки із лампасами, але ці лампаси були чомусь хвилясті. Мундир складався із двох половинок, права була цілком червоною, а ліва у велику шотландську клітинку. На грудях у цього незвичного чоловіка було стільки орденів, що коли він повертався, вони дзеленчали як дзвіночки у старовинному годиннику.

З усіма господар балу був вельми демократичний, кожного він вітав по простацькому:

— О, старий чорт! І тебе сюди занесло? Ну що ж, покажеш жару, як у старі часи?

Або щось таке:

— І ти тут стара! Ну, то піди потряси кістками!

Яся навіть злякалася, що він і її привітає таким не дуже приємним чином. Та ні, побачивши компанію, у якій прибула на бал дівчина, він кожному знайшов своє особливе слово:

— О бабо! — звернувся він до Ягусі, — невже на печі не сидиться?

— Не сидиться, рідненький, — прошамкала старенька.

— Так може повчиш молодь, як веселитися треба?

І не дослухавши відповідь вже свердлив своїми окулярами Мару.

— Кого я бачу! Сподіваюсь ти не розчинишся у повітрі, як минулого разу. Дивись мені, поводься гарно!

А коли перед темними скельцями його окулярів опинилася Солоха, господар замахав руками на неї:

— Іди звідси! — закричав він начебто сердився. — Чого приперлася? Хочеш, аби тобі боки нам'яли?

Та Солоха лише посміхалася:

— Так я, Війчик, не сама, я подружку привела, вона на балу вперше.

І Соломія виштовхнула до господаря бідну перелякану Ясю.

Та той не став знущатися із бідної дівчини, навпаки, він галантно вклонився, від чого по всій залі пробігли сонячні зайчики від його лисини і поцілував дівчинці руку.

— Раджу вам, — господар понизив голос до проникливої інтимності, — як і раніше думати про головне, а головне на нашому балу кохання.

Від того, що до неї поставилися як до дорослої, у Ясі пішла обертом голова.

Після привітання господаря балу Ясина компанія пройшла до зали, де вирували головні веселощі.

Як вже було зазначено, бальна зала, де веселилася строката юрба, була великою та круглою. Проте, вірніше буде сказати, що зала була циліндричної форми. Вздовж усієї окружності було суцільне, величезне вікно від підлоги до стелі, яке трималося на ажурній решітчастій рамі. І якщо ззовні бальна зала була схожа на велику круглу сцену, то зсередини у того, хто там знаходилося виникала ілюзія, що оточує залу чорна непроникна стіна.

В середині цього великого приміщення вишаровувалася наче піраміда у кілька уступів велика кругла естрада, де грав неймовірний оркестр. Скільки в ньому було музикантів, визначити було важкувато, але точно не менше сотні, навіть з певністю можна сказати, що кілька сотень. Тут були і класичні скрипалі у чорних фраках, та неймовірно майстерні чорношкірі саксофоністи. Та поруч з ними та різними іншими музиками грали у цьому збірному оркестрі і зовсім незвичні персонажі. Так Яся побачила за барабанами велику помаранчеву мавпу орангутанга. Спочатку дівчинка подумала, що на відстані їй просто здалося, та згодом вона пересвідчилася, що таки так, на барабанах хвацько вибиває ритм прудкий орангутанг. При цьому цей вправний музикант досить влучно вигукував мавп'ячі звуки, що аж ніяк не псували гармонію оркестрового виконання.

Строката публіка заповнювала цю величну залу. Ті гості, що були ближче до естради, танцювали, а точніше буде сказати, підтанцьовували, бо оркестр поки що грав легку спокійну музику. А ті, що були ближче до краю пригощалися біля столів із смачненькими стравами. Тут були піраміди бутербродів, гори морозива та ріки солодких напоїв.

На естраді, а точніше на самій вершині піраміди, з'явився співак, який, судячи з усього, був головною зіркою цього балу. Він настільки дивно виглядав, що Яся аж ніяк не могла б подумати, що цього товстуна будуть так бурхливо вітати.

Невисокий, товстенький чоловічок у дуже довгому, як на нього, фраку посилав на всі боки повітряні поцілуночки.

— Я вітаю вас друзі! — динаміки рознесли луною голос його по всій залі.

У відповідь юрба просто таки завила від щастя.

У наступну мить якимось дивом на шиї товстуна з'явилася електрогітара широкому ремені.

— А зараз, любі мої, — дивний співак пробриньчав кілька акордів на басах гітари, від чого зал заповнили металеві звуки, — вашому солоденькому слуху пропонується відома вам пісня "Юний олень"!

Що тут почалося! Недивлячись на те, що співав цей кумедний товстун не дуже гарно, юрба захоплено зустріла пісню. Атмосфера була наче у пеклі. Оркестр збожеволів, орангутанг, здавалося, ось-ось проб'є перетинки барабану, слони трубили на повну потужність. Кордебалет, який складався із розмальованих дівчат у купальниках, вихилявся у неймовірних рухах.

Дзеркальні кулі крутилися десь нагорі, лазерні проміні пронизували напівтемряву, яка змінила яскраве освітлення, відразу як товстун почав співати. Уся зала так енергійно вибивала, що здавалося ось-ось будівля розколеться.

Яся, до свого здивування, мимоволі приєдналася до цього божевільного танцю.

Не відразу дівчина прийшла до тями після божевільної пісні. Вона ніби прокинулася і побачила навкруги кружляючи у вальсі пари. Товстенький співак згинув наче то був сон. А може то й справді було щось на зразок сну. На естраді тепер опинився диригент, який чимось дуже нагадував пінгвіна, може то й був пінгвін, здалеку не дуже й розбереш та й ніколи було Ясі. Бо вона зустріла своїх подружок Оленку та Міленку.

Манірно привітавшись, дівчата схвильовано прошепотіли Ясі:

— Він тут! — Оленка в ліве вухо.

— Стасик на балу! — Міленка у праве.

Чи треба казати, які почуття охопили дівчину, як затріпотіло її серце. Буквально через хвилину вона побачила свого героя. Він рухався залою у довгому чорному пальті мов у савані. На його бліде чоло спадало пасмо чорного волосся. Думки його були, звичайно, про вічне, про неземне, про те, що чекає його десь там, колись тоді, коли ми покинемо цей суєтний світ. Навкруги вирували веселощі, а він рухався крізь веселий натовп, такий мовчазний, такий незворушний, такий самотній і такий мужній. Ось такі, або приблизно такі думки пронеслися в голові Ясі, коли вона, затамувавши подих, дивилася на дивного високого юнака у дуже довгому, чорному пальті.

Ось-ось вже мали об'явити танок. І не лише Яся, але й Оленка з Міленкою думали про те, кого ж запросить до танцю Стасик. І кожна думала, що це була саме вона, саме вона стане тією щасливою, яку він закружить у танці.

Аж ось світло в залі перемінилося. Оркестр на мить замовк і високий голос диригента щось проголосив на французькій мові. Яся французької не знала, але якось зрозуміла, що об'явили вальс. Ось пролунали перші такти музики і вже кілька пар почали граціозно кружляти по залі.

Стасик розсіяно розглядав все довкола аж поки його погляд не потрапив на Ясю. Боже мій! Невже він рухається в її бік. Дівчина опустила очі. Ось він підходить. Але що це? Він, якого вона так чекала, підходить не до неї. Але до кого ж? Яся подивилася на ту щасливицю і на секунду в неї запаморочилася голова. А вона ще на щось сподівалася! А вона ще вважала себе красунею! Ось де справді краса.

Стасик закружив у танці таку неземну принцесу...

А яка ж в неї сукня!

Яся не зрозуміла, як опинилася на самоті поодаль від натовпу, який насолоджувався вальсом. Ні, ні, цього не мало статися, він мав запросити саме її, лише її! Яся так на це сподівалася, так про це мріяла. Сльози почали відділяти ясний світ від дівчини, все довкола розлилося. Її ноги в якомусь напрямку ступали, начебто вона кудись спускалася сходами.

Очуняла Яся, коли її хтось обійняв за плечі.

— Ці мужики такі примітивні, — почула вона голос Солохи. — Знаєш, дівонько, ну його, знайдеш собі іншого...

В цей момент Яся не хотіла нікого бачити, сльози ще сильніше почали текти з її очей.

— Зрозуміло, — прошепотіла Солоха, — все зрозуміло. І от що я тобі скажу, є у нас для тебе пропозиція, від якої не відмовляються. Стасик буде біля твоїх ніг.

Чи то Солоха так переконливо казала, чи то просто в Ясі висохли сльози від сухого повітря, але її погляд посвітлішав і дівчина помітила, що вона опинилася у невеличкій кімнаті схожій на швейну майстерню. Яким чином вона тут з'явилася, Яся не пам'ятала. Вона побачила всю ту ж саму компанію, з якою прибула на бал: Солоху, Мару та Ягу.

— А тепер, — бадьорим голосом промовила до дівчини Солоха, — подивись сюди!

Ясю підвели до великого дзеркала, що оберталося. Ягуся з Марою повернули його блискучу поверхню до Ясі і дівчина могла б у дзеркальному склі побачити своє відображення, але в першу секунду нічого не було зрозуміло. У дзеркалі було щось блискуче, яскраве, якась модна красуня у дивовижній сукні. Та ні! Це ж вона, вона - Яся у дзеркалі вже одягнута у сукню, яку можна було б назвати фантастичною, дивовижною, запаморочливою, мрією. Коротше кажучи, Яся виглядала мов янгол.

Яся не могла отямитись, коли ж вона одягла на себе це диво? Та оглянувши себе не у дзеркалі, вона побачила, що по цей бік, у реальному світі на ній стара сукня. Як це могло бути? Ясин погляд впав на Солоху.

— Так, дівонько, так. — промовила відьма. — Ця дивовижна сукня, цей витвір мистецтва, через який Стасик

75

впаде до твоїх підборів, але...

Тут же зображення у дзеркалі змінилося і стало відбиватися те, що і було перед ним.

— ...але, - продовжила Солоха, — не просто так. Ти ж розумієш, сонечко, що за просто так нічого не робиться. Ось!

Проговоривши це слово, Солоха перевернула дзеркало зворотнім боком. Там була інша дзеркальна поверхня, але відображалося там геть інше приміщення. Яся побачила там темну кімнату, а просто перед нею стояв господар балу, з яким вона півгодини тому познайомилася. Та ж сама козляча борідка, ті ж самі чорні окуляри і лиса як коліно голова, лише одяг був інший, не такий клоунський.

Він зайшов до кімнати із дзеркала так само просто, як крізь двері.

Без усяких реверансів Вій почав:

— Пропоную угоду, — сказав він низьким, якимсь потойбічним голосом, і несподівано у його правій руці нібито нізвідки виник аркуш паперу, — ми віддаємо тобі сукню відомого дизайнера ле Фантаз'є.

Вій вказав у кут кімнати, де ця сукня була вже надягнута на манекен.

— А натомість отримуємо від вас...

Якби Вій сказав "душу", то Даша не здивувалася б. Вона так хвилювалася, що ось-ось втратить свідомість. Їй так хотілося цю сукню, що вона не вагаючись віддала б свою душу. Та все ж Вій сказав дещо інше:

— ... фамільне дзеркало сім'ї Захмарних, спадкоємицею якого є Ярослава Захмарна і по законах чарівного світу може передавати кому забажає.

Вій вказав в інший кут кімнати, Ягуся із Марою тримали в руках таке знайоме для Ясі дзеркало, перед ним вона багато нарядів переміряла.

Яся не відразу і збагнула, що справа для неї така легенька. Вона навіть пропустила повз свою увагу деякі формулювання Вія про "закони чарівного світу".

Світло у кімнаті згасло і залишилося лише три його джерела: дзеркало, сукня і окуляри Вія.

— Отже, — знов почувся замогильний голос ватажка нечистої сили, — я хочу почути щось одне: або "не згодна" або "згодна"!

Від хвилювання язик не слухався Ясі, але вона таки промовила:

— Так, згодна!

Двадцятий розділ,
в якому Дрімучий ліс прокидається

тут дзеркало опинилося в руках головного лісового біса Вія. Як це сталося, Яся не збагнула, можливо, чарівним чином. Лисий чорт підняв над своєю лисою головою реліквію і заревів страшним голосом:

— Нарешті!

В наступну мить Яся стала свідком дивовижних перетворень. Земля загула і захиталася. Здавалося, що в надрах одночасно прокинулися тисячі страшних кам'яних велетнів, які розпрямилися і тепер намагаються вилізти назовні. Гуркіт ставав все сильнішим і сильнішим. Яся впала і заніміла від жаху. Аж ось земля від ударів знизу нарешті тріснула. Але звідти не вилізла рука велетня. Ні! Крізь отвір почала з казковою швидкістю рости ялина. За кілька секунд вона досягла стелі і, пробивши її, здійнялася далі. Поруч із землі вистрибнула ще одна рослина. Це був дуб. Він швидко виріс і розкинув свої гілки на всі боки. Ще і ще виростали вгору велетенські дерева, які багато віків спали у землі і набиралися сил, щоб зараз за кілька секунд досягти неба.

Це було схоже на кінець світу. Корені дерев повзали наче амазонські анаконди. Вітер божеволів. Стіни ламалися немов були зроблені із скла, а деякі будівлі видозмінювалися, перетворювалися на скелі.

Яся крізь усе це божевілля зрозуміла, що вона знову знаходиться серед вулиць рідного міста, все, руйнуючись, перетворювалося на дрімучий ліс. Автомобілі застигали, перетворювалися на валуни, вулиці заповнювалися водою і ставали бурхливими річками.

А люди, які в ту пізню пору мали нещастя опинитися на вулицях, за кілька миттєвостей ставали або птахами, або звірами лісовими. Яся бачила навіть кількох знайомих, що від жаху бігли світ за очі, вона навіть вгледіла Стасика. Більш того і він побачив Ясю. Не в силах вимовити хоч слова, дівчинка протягнула до нього руки, мовляв, врятуй. Але її герой лише на мить зупинив на ній свій погляд і тут же накивав п'ятами.

Потім перед очима Ясі відбулися неймовірні перетворення її найкращих подруг Оленки та Міленки на пташок, одна стала сорокою, а інша сойкою.

А її нові знайомі Солоха, Ягуся та Марочка поскидали свої личини і стали одна - відьмою Солохою, інша - бабою Ягою, а третя - напівпрозорою потворою Марою. До них підскакували інші радісні біси. Торжествуюча нечисть на чолі із Вієм закружляла у повітрі, кожен летів на чомусь зовсім звичному, як пилосос Солохи. Вони всі пронеслися колом над дівчиною і відлетіли геть.

Останнє перетворення стосувалося вже самої Ясі. Вона відчула, як земля, на якій вона лежить, рухається. Їй би встати та втекти, але її ноги неначе приклеїлися до ґрунту. Відчуття не обманули Ясю, вона опинилася в середині дивовижної велетенської квітки. Пелюстки цієї квітки, а кожна пелюстка була завдовжки метрів у п'ять, закрилися і Яся опинилася зовсім відрізаною від зовнішнього світу.

Двадцять перший розділ,

в якому Яся думає

Я ся прийшла до тями і збагнула, що знаходиться у незвичному місці. Все тіло її боліло, неначе вона перед тим займалася у тренажерному залі.

— Де ж це я? - промайнуло в її голові.

Дівчина розплющила очі та з'ясувала, що знаходиться у дуже маленькій кімнатці, на малесенькому ліжку, можна було б сказати, на лавці. Стіни були дерев'яні, а на світ виходило невеличке вікно. Яся важко, мов бабця підвелася і визирнула крізь нього.

Від побаченого у неї запаморочилася голова, вона в мить згадала ті жахливі події, що сталися напередодні.

А що ж відкрилося її очам? Так, від цього у будь-кого голова пішла б обертом!

Навколо був ліс. Та ще й який ліс.

Незвичайний.

Дикий.

Лякаючий.

Це був Дрімучий ліс.

Яся знайшла, що знаходиться у дуплі якогось величез-

80

ного дерева на чималенькій висоті. А навколо височіли дерева. Просто фантастичні дерева, які були схожі на ялини, дуби та сосни. Але тільки схожі, бо розміром ніяк не вкладалися у нашу уяву. Наприклад, ялина являла собою таке. Уявіть собі стовбур завтовшки з метр, який, потроху звужуючись, простягається в небо на небачену висоту. І лише десь на половині цієї висоти з нього ростуть гілки, які нагадують величезні хоботи вкриті голками.

Ще там були дуби, приземкуваті, надзвичайно широкі, що в їх дуплах без проблем можна сховати мікроавтобус. Цей широкий стовбур на висоті десь приблизно в два людських зрости розгалужувався і бокові гілки утворювали величезну півкулю крони. Багато років мало бути такому дубові, надзвичайно багато.

І над усім цим густим, душним, суворим лісом, якому ніде не було ані кінця, ані краю, висів місяць.

Оце був місяць!

Незвичайний місяць.

Надзвичайний місяць.

Людина ніколи не бачила такого місяця неозброєним оком. Він був величезний. Висячі над небокраєм, він займав не менше ніж п'яту його частину. Уявляєте, над лісом висить така гігантська тарілка! Звичайно, що на такому місяці дуже чітко можна було побачити кратери і моря. І мав цей місяць яскраво червоний колір та сині, фіолетові, зелені, жовті вкраплення.

Яся Захмарна подивилася на цей фантастичний ліс, в якому бігали якісь страшні тіні та страшно вили якісь звірі, на блакитне небо без зірок, на небачений місяць і, заплющивши руками лице, промовила:

— Це сон!

Але це був не сон, це був аж ніяк не сон, це була дійсність, з якою їй треба було тепер жити. Яся кинулася до лавки, залізла на неї, згорнулася, обійняла свої коліна і затремтіла.

— Мамусю! Як же це сталося?

І почала гарячково думати. Спочатку її думки плуталися, але потроху заспокоїлися. Вона почала згадувати все від того моменту, як переступила поріг комірчини. І тут наче якийсь туман почав розвіюватися в її думках. Та, звичайно, що всього збагнути до кінця вона не могла.

Продумавши можливо з годину, вона почала засинати, аж раптом до неї донісся голос, нібито хтось кликав її з лісу. Дуже обережно Яся підвелася з ліжка і визирнула з дупла-віконця. Так, немає сумнівів, десь там, внизу, хтось гукав її на ім'я. На якусь мить їй здалося, що це голос Стасика, в неї промайнула радісна думка, що її лицар примчався її рятувати. Та тут вона пригадала, як цей лицар накивав п'ятами, залишивши її. Ні, це був не Стасик, голос аж ніяк не його. Але хто це? А може там ворог, підступна відьма або біс. Яся вирішила не відповідати, а тихенько засіла в своєму дуплі.

Двадцять другий розділ,

в якому хоробрий лицар таки з'являється

Між тим із лісу продовжував лунати все той же голос. "Яся! Яся!" — кричав хтось. Та дівчина вперто мовчала. Роздмухане полум'я її уяви малювало різних чудовиськ, неймовірних химер, які хочуть виманити дівчину з цього затишного дупла, схопити і погубити.

"А може це ті відьми? — подумала Яся. — Не буду озиватися!"

Нарешті голос замовк. Яся заспокоїлася, зігрілася, думати їй було вже ліньки і вона стала засинати. У лісі шумів вітер у гілках дерев. Було приємно. Аж раптом вона почула той самий голос знову, але вже близько, зовсім поруч.

— Яся, — промовив хтось, — ну чому ж ти не озиваєшся?

Жах у якусь мить пройняв дівчину. Невже це той хтось проник у її затишну схованку. Вона відкрила очі і...

Ніякого чудовиська вона не побачила, а вгледіла як у її дупло влазить якийсь хлопець! Ой, так це ж її однокласник! Це був Ігор.

Хлопець був вже наполовину у дуплі, поки Яся таки збагнула, що йому треба допомогти втиснутися всередину.

— Ти що? — здивувалася дівчина. — Сам видряпався на таку висоту?

— Та видряпався... — скромно відповів Ігор. Хлопець не любив вихвалятися і не став казати, як нелегко було долізти до дупла. Добре, що дерево було з вузлуватою старою корою. За яку було зручно чіплятися.

Так, поява Ігоря стала для Ясі несподіваною. Це, звичайно, не був той на кого вона сподівалася, та все ж таки хтось прийшов врятувати її.

Раптом дівчина почула ще один голос, тоненький, майже пташиний:

— От бачиш, друже, не дарма ми таки сюди лізли. Казав же я, що вона тут! Так і є!

Яся придивилася і побачила на плечі у Ігоря маленького чоловічка. Це був наш старий знайомий Бульбашко.

— Ой! - посміхнулася Яся. — А хто це?

І не даючи часу відповісти, вона тут же як із кулемету почала вистрілювати запитання:

— А як ти дізнався, що я тут? Ой, а певно вже наше місто на ліс все перетворилося? А ти не бачив мою маму?

Хлопець не відразу наважився відповідати. Вже коли дівчина закінчила свій обстріл, він трохи подумав і почав:

— Сиджу оце я вдома ввечері, коли...

— Стривай, стривай! — не втерпіла язиката дівчина. - Ти ж не відповів...

І вона повторила всі свої запитання знову лише переінакшила.

Ігор знову промовчав трохи.

— Ну от, я й кажу, почалося все з того, що я сидів оце вдома, коли...

І тут Яся збагнула, що треба таки вислухати хлопця і не перебивати.

Послухаємо ж і ми його розповідь.

Двадцять третій розділ,

де подається розповідь Ігоря

Це був звичайний вечір у родині Ігоря. Мама готувала на кухні вечерю, а Ігор із татом грали у шахи. В черговий раз хлопець намагався виграти у тата, та це було нелегко. І хоча хлопчина грав непогано, та його тато Сергій Федорович був вправним майстром.

Поруч дошки із фігурами крутився молодший брат Ігоря і чекав, коли з поля битви буде прибрано вбиті фігури, у нього із ними була власна гра. Із радіо лунала музика. Це були пісні Леоніда Утьосова. Сергію Федоровичу вони дуже подобалися. А з кухні доносилися запахи смачної вечері.

— На цей раз, тату, - казав Ігор із хитруватою посмішкою, — я приготував тобі кілька сюрпризів.

— Сюрпризи, - посміхнувся Сергій Федорович, - он як! А ми не боїмося ваших сюрпризів, юначе. Ось так!

І в цей час у двері квартири Кравців подзвонила таємниця. Тобто у особі незвичайного була одна людина, а ми трохи згодом побачимо, хто ж це був.

Аби не відволікати чоловіків від серйозної справи, двері відчинила мама.

— Ігорю! — сказала вона. — До тебе прийшли.

До кімнати увійшла людина, яку хлопець в цей час не сподівався побачити. Це була його класна керівниця Христина Харитонівна.

— Доброго вечора! — трохи збентежено промовив хлопець.

Звичайно, вчителі відвідують учнів вдома, коли у школі виникають проблеми із ними і тому батьки Ігоря трохи занепокоїлися.

— Він щось накоїв? — спитав Сергій Федорович.

— О ні, не хвилюйтеся! — поспішила заспокоїти його вчителька. - Я до Ігоря як до члена учнівської ради класу. Справа невідкладна. Чи можу я поговорити із Ігорем десь окремо?

— Так, будь ласка! Пройдіть до його кімнати.

Відверто кажучи, хлопець не міг уявити, що від нього хоче Христина Харитонівна. Коли вони залишилися у кімнаті, вчителька почала не відразу.

— Скажи мені, Ігорю, ти віриш у дива?

— Ну, хіба що наукові.

— Я так і думала. А у магію, чаклунство?

— В казках можливо.

— Добре. Тоді ось що, підійди до дзеркала, до будь-якого дзеркала і добре роздивись те, що по той бік скла.

Заінтригований хлопець мав вийти із кімнати. Велике дзеркало висіло у вітальні.

Коли Ігор зазирнув у нього, він спочатку не побачив нічого дивного, вітальня як вітальня. Та все ж таки він чесно почав придивлятися до віддзеркалення і тут зробив дивне відкриття. У дзеркалі було видно вхідні двері у квартиру. Так ось, вони були відчинені у дзеркалі, а по цей бік — зачинені, Ігор це перевірив. Та не це буле найдивніше, крізь дзеркальні двері проростали у вітальню якісь дикі дерева!

Ігор дуже здивувався, довго роздивлявся у дзеркалі, потім помацав двері по цей бік і навіть відчиняв їх і зачиняв. Але все так і лишилося — по цю сторону все звичайне, а за дзеркалом — химера.

Крім цього Ігор побачив ще кілька дивних речей. Наприклад, на стінах вітальні виросли якісь ліани. І нібито якась дрібнота бігає під ногами наче миші, та Ігор не встигав роздивитися. Втім, у квартирі Кравців ніколи не було мишей.

Неймовірно здивований та збентежений Ігор повернувся до Христини Харитонівни. По його очам вона зрозуміла почуття хлопця.

— Отже, ти побачив, — промовила вона. — І бажаєш пояснень. Саме заради цього я до тебе і прийшла. Зосередься і готуйся слухати. Дуже давно, коли...

І Христина Харитонівна розповіла враженому хлопцю все те, що ви, уважні читачі, вже знаєте. Про дрімучий ліс, про добру лісову чарівну силу і нечисть, про чарівну реліквію і про останні події, тобто про те, як Яся передала осколок у руки нечисті.

Двадцять четвертий розділ,

де у Ясі в переносному сенсі відкриваються очі, а потім вона вже в буквальному смислі спускається на землю

Ви навіть не уявляєте собі, як же було соромно Ясі, коли туман перед її очима розвіявся і вона зрозуміла, що накоїла. Вона зрозуміла, з ким вона сиділа за одним столом, вона зрозуміла, у кого вона була на балу, вона зрозуміла, кому вона віддала цінність, про яку не думала. Так соромно їй стало, що вона почервоніла до кінчиків волосся. Добре, що у дуплі було темно і її гості цього не побачили.

Отже цей ліс прокинувся через неї, дурепу, думала Яся. А десь там, у цих хащах, можливо, знаходиться мама. І як її тепер знайти? Яся була збентежена. А що ж далі? Що ж тепер робити? Невже нічого вдіяти не можна?

А Ігор тим часом закінчував свою розповідь:

— Звичайно, — промовив він, — коли я про все це почув, то не дуже то й повірив. Хоча це розказала не хтось, а Христина Харитонівна, та все одно це здавалося таким антинауковим. Але коли перед моїми очима з'явився доказ, який мене переконав...

— І цим доказом був я! — тут на ліжко стрибнув маленький чоловічок. Це був Бульбашко.

Було помітно, що потерчатко дуже пишається своєю роллю.

— От після цього, — вів далі Ігор, — я повірив у все, що казала Христина Харитонівна. Але головне, що я повірив у диво.

"І ти розумієш, — сказала мені Христина Харитонівна, — що всім нам загрожує велика небезпека. Так, дрімучий ліс вже прокинувся, але він ще не поглинув місто. Деякі люди можуть бачити його у дзеркалі, чи у віддзеркаленні в калюжі. Так як і ти це бачив. Ти ж бачив?"

Я підтвердив.

"І вся суть зараз у тому, що лишився ще один шанс. Залишився ще один осколок чарівного дзеркала. І ось про нього я хочу поговорити з тобою.

Справа в тому, що я хочу доручити саме тобі знайти цей останній осколок."

Я був не проти, але дивно якось мені було, чому це всі ці чарівники, мешканці дрімучого лісу, доручають таке складне завдання мені — звичайному хлопчині, я ж зовсім не знаюся на чаклуванні.

Чому це той могутній дід Кремез, про якого мені розповіла моя вчителька не візьметься за діло сам?

"Річ у тому, - пояснила мені Христина Харитонівна, - що вони всі зайняті стримуванням злих чарів. А це зараз ой як непросто, бо сили нечисті зросли".

— Звісно, що після цього я почав збиратися у путь.

Через десять хвилин Ігор був споряджений. Його похідний костюм включав у себе джинси, спортивну курточку, кросівки та зручний рюкзак за плечима. Нічого зайвого.

— Ну, то як же я потраплю на місце? — спитав Ігор.

Христина Харитонівна нічого не відповіла, а просто підійшла до дверей, зробила якісь рухи біля них і щось прошепотіла.

— Відчини ці двері і ти опинишся у дрімучому лісі. Ось тобі надійний помічник, — і вона простягнула на долоні Бульбашка. - Він хоч і маленький, проте добре знає чарівний ліс. А коли ви знайдете Ясю, відкриєш ось це.

Це був звичайний, здавалося би, горішок, але як розтлумачила Христина Харитонівна, в ньому було те, що покаже дорогу до осколку чарівного дзеркала.

Ігор трохи постояв перед дверима і вже взявся за ручку, але обернувся і спитав:

— А що ж подумають мої батьки?

— Не переймайся, скільки б не був ти у дрімучому лісі, для них мине не більше десяти хвилин.

— Зрозуміло, теорія відносності. Отже і часом ви навчилися керувати. Круто!

І Ігор відкрив двері.

Виявилося, що за ними була не кімната, де мали б бути тато та молодший брат, а ліс.

Сказати, що дрімучий ліс вразив хлопця, це значить дуже применшити. Він його приголомшив, шокував. Ліс оточив його з усіх боків, як тільки той ступив за поріг. Двері кудись зникли.

Все навкруги було якимось величезним. Дерева здіймалися до неба, неймовірно великий місяць висів над головою.

— Ого! - промовив Ігор. — А де ж тут Яся?

— Не хвилюйся, — подав голос Бульбашко з плеча, - ближче, ніж ти думаєш. Бачиш ось те дерево...

Ось так Ігор опинився у дрімучому лісі.

— Тепер ти все знаєш, — завершив розповідь Ігор.

— Так, знаю, — Яся полегшено зітхнула.

Отже надія є, можливо, що з мамою усе гаразд. І все можна повернути назад, зробити таким, як до того моменту, про який Яся воліла б забути.

— Ну що, друзі, — подав голос Бульбашко, — спускаємось?

Ой-ой! А Яся зовсім забула про це. Вона обережно висунулася із дупла. Мамусю! Це було занадто для неї, висота була страшною, земля була дуже далеко. Лише кількох секунд вистачило Ясі, щоб голова пішла обертом.

— Не бійся, Ясю, — спробував підбадьорити її Ігор, - спускатися не так вже й важко, треба лише триматися за кору, так зручніше. Я допоможу.

— А чи є інший спосіб? — жаліснім голосом спитала Яся.

— Це як?

— Ну, може, в дуплі є якийсь хід?

Від цих слів Ясі Бульбашко просто покотився зі сміху.

— Оце діло! — пропищав він. — Це ж не багатоповерхівка. Згадай, ми у дрімучому лісі!

В цю мить маленький чоловічок не здавався Ясі таким вже симпатичним.

— Ні! Я не полізу!

— Знаєш, Ясю, — сказав Ігор визираючи з дупла, - я думаю можна дещо придумати.

І після цих слів він виліз із дупла.

Минуло кілька хвилин. Яся із Бульбашком сиділи тихенько. Аж ось почувся десь здалеку голос:

— Ясю! Бульбашко! Спускайтеся!

Це був Ігор. Коли Яся визирнула із дупла, вона зрозуміла задум хлопця, але від цього їй легше не стало. Перед її очима висіла петля зроблена з лози. Ця імпровізована мотузка йшла вгору, там вона була перекинута через товсту гілку і йшла донизу, до Ігоря.

— Вдягай цю петлю на талію і тримайся, я тебе спущу, — підказував невидимий Ігор десь із низу. — Головне — не дивися вниз.

Яся збагнула, що цієї пригоди їй вже не оминути.

Вона підтягла до себе петлю і затягнула її на своїй тоненькій талії.

— А можна і я зроблю петлю із твого волосся? — подав голос Бульбашко.

Він сидів на плечі в дівчинки і вже встиг сплести тоненьку косу з пасма Ясиного волосся.

— Ну, я не знаю! Ми ж у дрімучому лісі. — Яся була не проти, щоб Бульбашко страхувався за її волосся, але їй хотілося помститися йому за те що він сміявся з неї кілька хвилин тому.

— Будь ласочка! Я не буду смикати боляче!

— Гаразд! - погодилася Яся.

Спускатися було лячно, недивлячись на те, що Яся і була перев'язана лозою, та ще й до того міцно трималася за мотузку. Попервах її дуже розхитувало, вона відірвалася від стовбура і вже не розуміла, чи її спускають, чи вона стрімко падає. Бульбашко так само розхитувався на її волоссі і вдарявся у шию чи щоку, але це було скоріше лоскотно, ніж боляче.

Лише кілька разів Яся дозволила собі відкрити очі. Першого разу вона не змогла знайти, де ж дупло, до якого вона вже так звикла. А другого і взагалі очманіла. Бо була наче в середині зеленої хмари. Навкруги було лише гілля та листя. Не можна було зрозуміти, скільки ж лишається до землі, чи то десять метрів, чи то ґрунт вже під ногами.

Аж ось вона почула над своїм вухом голос Ігоря:

— Ліфт прибув, двері відчиняються!

Розплющивши очі, вона знайшла, що сидить на землі.

Це було занадто для неї, висота була
страшною, земля була дуже далеко.
Лише кількох секунд вистачило Ясі,
щоб голова пішла обертом.

Двадцять п'ятий розділ,

де Яся та Ігор з Бульбашком ідуть крізь хащі дрімучого лісу і зустрічають покинуту хатинку

Тепер треба було вирішити, як шукати останній осколок чарівного дзеркала. "Ну ж бо, — сказав Бульбашко, — відкривай горішок!"

— А й справді, — Ігор витяг з кишені нібито звичайний горіх.

Він покрутив горішок у руках. Як же його відкривати?

— Зараз молоток би, чи щось таке, — почухав потилицю хлопчина.

— Та який там молоток, — пропищав Бульбашко трохи роздратовано, - просто поверни його! І все. Просто поверни.

Коли тільки Ігор це зробив, як його половинки легко розійшлися і відштовхнулися одна від одної нібито хтось їм допоміг зсередини. В наступну мить сталося диво. Із горіха вилетіла якась порошина чи листочок, від якого роз-

94

ливалося дивовижне світло навколо. Він якось тримався у повітрі лише крутилася злегка.

—— Пір'ячко! —— вигукнула Яся.

—— Саме так, — підтвердив Бульбашко, - ця пір'їнка покаже нам шлях. Ось бачите.

До цієї миті Ясю, Ігоря та Бульбашка огортав з усіх боків непроникний дрімучий ліс. Але пір'інка, як тільки світло від неї потрапило на зарості, вказала на невеличку стежку, що йшла крізь хащі. А може це чарівна сила пір'їнки створило ту стежку, хто знає. Але як би там не було, Яся у супроводжені Ігоря і Бульбашка пішла за сяючою пір'їнкою.

* * *

Минав вже третій день блукання по дрімучому лісу. Немало чудесного та страшного побачили наші друзі. Вони вже вийшли зі стежки на лісову дорогу. Бульбашко розповів, що ця дорога зветься Гуляй-шляхом. Вона лише здається звичайною дорогою, насправді непомітно для ока вона в'ється наче змія. Можна з певністю казати лише про те, звідки йде ця дорога і де закінчується, а ось, що буде справа чи зліва змінюється кожного дня. Наприклад, зупинився подорожній біля дуба на ночівлю, зранку прокидається, а дуба того і сліду нема, а поруч щось зовсім інше, припустимо береза.

Сірий похмурий день без сонця, який зазвичай буває у дрімучому лісі, минав.

— Ну ось, — сказав Ігор, — треба на ночівлю лаштуватися. У кого є які думки, хто що бачить? Може десь житло якесь, чи знову доведеться будувати курінь.

— Не забувайте, друзі, — подав голосок Бульбашко, — лише на правій половині треба зупинятися! Лише на правій!

— Воно б непогано було б, — задумався Ігор, — та де

тут на правій половині місце є?

І справді оточив їх з усіх боків ліс такий густий, що не видно стало неба і відразу темно стало. Недобре то місце було, де застала ніч наших друзів.

— А може під деревом якимсь, під гілочками сховаємося? — запропонувала Яся.

Ігор хотів був вже погодитися, як побачив, що попереду мерехтів якийсь вогник.

— Подивіться, друзі, — вказав він на нього. — Йдемо туди. Буде, де переночувати.

— А ти знаєш, хто там біля вогню? Може нечисть?

— Ну, то й розберемося!

Але замість того, аби пришвидшити крок, він навпаки став йти навшпиньках. Яся прилаштувалася за його спиною.

Друзі минули поворот та побачили, звідки ж світив жовтенький вогник.

За рогом як раз з лівого боку дороги стояла невеличка дерев'яна хатинка, така стара, що вже перекосилася на один бік. Низенька вона була, під солом'яною стріхою. Двір перед нею так заріс, що вікон не було видно. Лише мерехтить той жовтий вогник і не зрозумієш, чи то він всередині, чи там хтось ходить навколо хати освітлюючи собі дорогу каганцем.

Стали вони думати та гадати, що ж робити. В хату йти і справді боязко, а на дворі залишатися ще страшніше, бо вже відчувають чийсь недобрий погляд у спину і начебто шарудить щось у кущах.

І тільки-но Ігор з Ясею вже зібралися постукати у низенькі двері, як дівчина схопила хлопця за руку.

— Ігорю, ти бачиш, а хатина стоїть як раз з лівої сторони Гуляй-шляху.

— І справді на лівому, — підтримав її Бульбашко. — Не можна зупинятися на лівому.

— Ну, тоді які будуть ваші пропозиції? — спокійно

відповів Ігор.

Можливо й не зайшли б вони до хати, але тут у темному лісі щось таємничо зашаруділо, хтось нібито дивився на них з-за дерев злим, лихим, недобрим оком. Яся не була вже такою хороброю, та ще й заразила своєю полохливістю Бульбашка.

— А може й нічого, — сказало потерчатко, — обійдеться якось? Ми лише подивимось, хто ж там.

Ігор не боявся, хіба що трохи, та більше йому було цікаво дізнатися, хто живе у хатинці.

Лише торкнувся хлопець дверей, як ті відчинилися. Страшний скрип пролунав у сутінках. І від цього звуку захотілося втекти, але набравшись сміливости, він спробував погукати:

— Є хто в домі!

Він хотів гукнути голосно, а вийшло так тихо, як шепіт.

— Є хто в домі? – повторив Ігор вже трохи голосніше і почав прислухатися.

Але як він не прислухався, як він не придивлявся, нічого він і не побачив. І не побачили ні він, ні Яся, ні Бульбашко. Нібито якісь тіні начебто вистрибнули з вікна і розчинилися у напівтемряві сутінок. Але чи було це насправді, чи то примарилося, незрозуміло було.

Опинилися в маленьких та тісних сінях. Справа відчинені двері і невеличка кімната була як на долоні. Нікого там не було, ані душі. Лише піч старенька, лавка, стіл, а на столі лежала книжка та світила свічка.

— Агов! – ще раз погукав Ігор, — Хто тут живе?

Але у відповідь йому була лише тихесенька пісенька цвіркуна.

— Ось бачите, друзі, — сказав хлопець вже сміливо заходячи до кімнати, — нікого тут нема і нічого тут боятися. Заходьте вже!

Начебто і справді не було нічого страшного у цьому

будиночку.

Ігор озирнувся довкола і побачив книгу. Та закритою лежала на столі скраєчку.

— Цікавенько буде почитати, — промовив він і взяв книгу.

Краще б він цього не робив.

— Ні, не треба! — хотів попередити його Бульбашко.

Та було вже пізно. Ігор відкрив книгу і прочитав такі, дуже дивні рядки:

"Йшли дрімучим лісом дівчина білявка із потерчатком на плечі та козачок з сумою за плечима. І ось застала їх ніч біля лісової хатини…"

— Слухайте, — здивувався Ігор, — наче про нас написано!

— Так і є, — злякано відповів Бульбашко, — саме про нас. Ох, зараз почнеться!

— Що почнеться? — здивувалася Яся.

— Нема часу розказувати. Слухай, Ігорю, що б не трапилося, не припиняй читати. А ти Ясю не дивися по сторонам і намагайся не боятися. Ох, не треба було брати цю книгу!

Здивувався Ігор, не дуже то й повірив, але читати продовжив:

"Побачив тоді козачок книгу, взяв її до рук і став читати. І не знав він, що як почав ти читати цю книгу, то не можна вже кидати. І в цей час відкрилася заслінка в печі…"

Не встиг Ігор дочитати ці слова, як і справді щось зашаруділо в печі. Ігор з Ясею переглянулися.

— Ось! — тремтячим голосом промовив Бульбашко, ховаючись у густому волоссі Ясі.

А Ігор читав далі:

"…і виліз звідти страшний біс."

Кинувши читати, Ігор повернув голову у бік печі і – о жах! – побачив, як з звідти вилазить нога з копитом. Через хвилину неймовірна істота вилізла вся назовні і стала перед друзями дивлячись на них.

Жах холодною рукою схопив їх за плечі. Вони дивилися на істоту і нічого не робили. Бульбашко тремтів у зачісці Ясі. А потвора наче дивувалася, дивлячись на них, чого це ви не тікаєте від мене?

— Читай! — пропищав Бульбашко. — Лише читай далі!

"Не знали вони, — повернувся до сторінок цієї дивної книги Ігор, — що не можна кидати читати, щоб не трапилося, хто б не з'явився у кімнаті. І не можна дивитися на тих страшних істот, бо біда буде."

Лише на мить відволікся Ігор від сторінки, аби повернути голову Ясі вбік, щоб вона не дивилася на потвору, бо сама вона була вже не в змозі цього зробити. І тут же продовжив читання.

„А потвора начебто осліпла і перестала їх бачити. Де вони! – волала дивна істота. — Тільки що були тут і кудись зникли?"

І наступну мить те саме, що прочитав Ігор, відбулося в кімнаті.

"…і не знайшовши їх, почвалала потвора у комору і зникла там."

Як ви вже здогадалися, мої розумні читачі, цей будиночок був пасткою для шукачів чарівного осколку. Що тепер залишалося їм робити? Звичайно, продовжувати читати.

А за першою потворою вилізла ще одна, більш жахлива. Лише краєм ока бачили її Ігор та Яся, а ось Бульбашко і не намагався побачити, все ще сидячи у волоссі Ясі. Вони сиділи, опустивши очі, і не сміли повернути своїх голів. І цього разу минулося легше. Навіть не зупинилася ця потвора і почвалала до комори, де зникла. І далі пішло. Не встигала одна істота покинути кімнату, як за нею суне інша. Не встигли друзі зітхнути з полегшенням, як лізе нове чудовисько. Добре, що тепер вони твердо зрозуміли, поки вони читають і не дивляться вбік потвор, вони у безпеці. Аж до того часу продовжувалося випробування Ігоря та Ясі, поки не проспівали перші півні. Тоді все припинилося. І всі вони миттєво заснули сидячі на лавці, зморені важким випробуванням.

Двадцять шостий розділ,

де наші герої зустрічають Чугайстера

Гуляй-шлях вів наших героїв через місцевість, що поросла чорними деревами. І хоча навкруги було досить похмуро, але сонечко світить над усім світом. Ось і Дрімучий ліс став виглядати веселіше, коли денне світило піднялося над його деревами. Певно, це віщувало щось гарне.

Наближався полудень, вони втомилися.

— Ну що, може пообідаємо, відпочинемо? – промовила Яся.

— Відпочити, звичайно, треба? — сказав Ігор. — А ось з їжею у нас не дуже. Залишилося лише кілька банок консервів, та зовсім небагато сухарів. Наїстися може хіба що Бульбашко.

Зупинилися вони скраєчку дороги у тіні верби. Розстелили скатертину.

— Оце так, — сказала Яся, оглянувшись довкола. — Добре ж місце ми з тобою обрали. Моторошно стане.

І справді, якби людина опинилася там не серед дня, а в темну пору, невесело б стало на душі. Безрадісний краєвид чорного болота прикрашав високий очерет, що колихався від вітру та де-не-де височіли верби, які росли на острівцях посеред топких місць.

Було тихо, лише очерет шелестів та десь трясовина дивно і моторошно булькотіла. Неважко було б загинути у такому болоті.

— Тут напевно і русалки водяться, — сказав Буль-башко.

Яся ще раз роздивилася місцевість.

— Слухайте, - промовила вона, — а може пообідаємо десь далі.

— Далеко доведеться йти, — Ігор вже розклав скатертину. — Та й я чув, що русалки бояться сонячного світла. Чи не так, Бульбашку?

— Ну десь так, — відповів маленький хлопчик-потерчатко.

І коли Яся на якусь хвильку відвернулася, Ігор погрозив йому пальцем. Мовляв, дивись но мені, не лякай даму.

Поки вони так балакали, зник сухарик, який Ігор поклав на край скатертини.

— Друзі, а де тут сухар лежав, куди подівся?

Ніхто не знав.

— Це не ти жартуєш, Бульбашку?

— Та що ви! Де я сиджу, а де той сухарик був.

— Але ти теж можеш чаклувати, може і побалувався.

— Ні! Це не я!

Ігор почухав потилицю, подивився у воду, чи не плаває там хліб. Ні, не плаває. І знову витяг скибочку.

Цього разу він вже поклав хлібину ближче до себе. Але поки порався, дивиться – знов нема хліба.

- Що це таке! Тут лише мить тому лежав хліб. Де він? Ясю, може це твої жарти?

Але дівчина подивилася на нього такими очима, що всякий сумнів зник.

— Вибач! — трохи почервонів Ігор.

Робити нема чого, довелося брати ще одну скибочку того черствого хліба, що в них лишився. Та вже цього разу Ігор поклав його просто перед собою.

Якби вони були трохи уважнішими, то обов'язково б помітили, як болотна вода, що поросла ряскою, захвилювалась і над її поверхнею з'явилися великі зелені очі. Такі очі бувають у великих водяних тварин – крокодилів чи бегемотів. Але це була не тварина.

Булькаті очі надзвичайно уважно слідкували за всім, що відбувається на краю Гуляй-шляху. І коли Ігор втретє дістав хліб, ті очі почали наближатися до берегу, а потім з води вилізла велика зелена рука, що належала господарю очей і почала наближатися до хліба.

Коли до шматка хліба залишалося зовсім небагато, Яся помітила зелену руку. Як же вона заверещала! Дівчина підскочила наче її вжалила оса і відбігла подалі. Ігор теж підвівся, він як хоробрий хлопець, хоч і був трохи збентежений, але шукав не втечі, а якоїсь зброї, гілки чи каменюки.

А зелена рука заграбавши залишену хлібину, повернулася до болота. Потім під водою зникли і булькаті очі. Друзі дивилися на воду і не знали, що робити. Ігор розсердився на зеленого крадія, коли зрозумів, що той залишив його зовсім голодним.

Якщо в нього і був страх, то зараз в серці залишився лише гнів. Він нічого не боявся. Хлопець хотів підійти до води поближче, що збирався робити, він певно не знав і сам, але в наступну мить все змінилося.

З води виринула жахлива істота, вистрибнула миттєво немов її хтось з ненормальною силою виштовхнув з глибини. Перед хлопцем вже стояв зелений чоловік, увесь порослий водоростями. Той був неймовірний. З вузлуватими суглобами на руках та ногах, довгими нігтями, голова густо поросла волоссям, так густо, що ніяких рис обличчя не можна розрізнити окрім очей, які розташовані були не спереду голови, як у людей, а зверху, як у жаб чи крокодилів. Волосся було таке довге, що було цьому зеленому як одяг. Шкіра була груба, покрита буграми і слизом. І до того ж від створіння страшенно смерділо болотом.

Потвора засміялася жахливим сміхом і почала, не

звертаючи ніякої уваги на Ігоря хазяйнувати в кинутих речах.

"Ну, — подумав Ігор, — зараз я тобі напіддам!"

Він анітрохи не боявся, незважаючи, що зелений був вищий за нього у два рази і руки мав як лопати.

Але наміри Ігоря зруйнувала одна неймовірна річ. Бульбашко, про якого в ту мить забули, все ще залишався на скатертині серед їжі. Попервах болотна потвора теж його не помітила, але як тільки вгляділа Бульбашка, то зреагувала аж зовсім дивно. Схоже, що зелений впізнав малюка. Зелена істота затряслася наче через неї пропустили електричний струм.

А Бульбашко по кумедному склав ручки на грудях і насупив брова.

— Що ж це таке, Чугайстре? – промовив маленький хлопчик. – Знову бешкетуєш. Ти хіба забув, як я частував тебе останнього разу.

Чугайстер, як видно, не забув, бо затрясся так, що його булькаті очі вилізли ще більше.

— Дай-но я привітаю тебе по-справжньому, — маля розмахнулося маленькою рученькою, збираючись вдарити болотного біса.

Але той не став чекати і накивав п'ятами. Ніколи ще Яся з Ігорем не бачили такого бігу. Чугайстер по-чудернацькому піднімав ноги через сторони наче переступав через якусь огорожу і так швидко ступав, що біг по болоту як по твердій поверхні.

Яся не могла повірити своїм очам:

— А ти, Бульбашко, — здивовано мовила вона, — виявляється можеш і налякати. Звідки ти знаєш цього зеленого?

— Та колись частував його! — вихвалявся потерча. — Та ні, жартую. Просто ми, потерчата, маємо силу проти болотних чортів. Вони нас бояться.

На порозі стояла сердита стара баба, закутана у якесь лахміття.

Двадцять сьомий розділ,

де знову з'являється баба Яга

инуло вже п'ять діб як Яся, Ігор та Бульбашко йшли по дрімучому лісу слідом за пір'їнкою. Запаси їжі вже скінчилися, воду вони брали з листя. Яся хотіла пити дощову воду і з квітів, але Бульбашко заборонив.

— Кожна квітка в дрімучому лісі чарівна, — попередив він. — Невідомо, у кого ти перетворишся, як поп'єш з квітки. Бережись.

Друзі страшенно втомилися, але пір'їнка ще не давала знаку. Аж ось ввечері п'ятого дня вони вийшли на галявину, де стояв казковий палац.

Палац був і справді гарний у місячному світлі. З вигадливими візерунками на стінах, вигнутими склепіннями вікон, гарною різнобарвною черепицею на даху. Та, незважаючи на красу, він виглядав похмуро. Невідомо, що там, хто там.

Та головне, що пір'їнка зупинилася, а потім зробила

три невеличких кола перед ґанком палацу і після цього згасла і опустилася на землю.

— Ну, начебто прийшли, — невпевнено промовив Ігор.

— Невже це тут? — прошепотіла Яся.

— Так, — пропищав Бульбашко, — це тут. Тут те, що ми шукаємо.

Він уникав називати вголос, що вони шукають осколок чарівного дзеркала.

Вони стояли посеред палат. Було тихо, з сусідньої кімнати пробивалося крізь щілини у дверях світло.

Не встигли вони як слід оглянути все, як двері за їх спинами заскрипіли та з гуркотом закрилися.

— Ой! Що це! — зойкнула Яся.

— Та це ж вітер, — заспокоїв її Ігор, — тобто протяг закрив двері. Боятися нема чого?

— Я й не злякалася, — відповіла Яся.

І щоб довести це ступила в напрямку тих дверей, звідки пробивалося світло.

Обережно, дуже повільно вона відчинила двері і нахилившись (а треба сказати, що двері у лісовому палаці були низькі), зазирнула у палату.

Там було порожньо. На стіні висіла якась лампа. Світло від неї було дивним, здавалося, що воно завертає за предмети.

У другій кімнаті висіло на стіні дзеркало у оправі і скрізь було безліч всякого одягу. Воно висіло на стінах, було розкидано по підлозі, складено у величезні купи. Окрім цього в такому ж безладі було розкидане різноманітне взуття. Пару тут знайти було нелегко.

Третє приміщення скоріше за все слугувало їдальнею. Там стояв великий стіл і дві лавки.

Четверту кімнату майже повністю займала гарна розписана піч.

П'ята була заповнена силою силенною різних вигадливих красивих речей.

І коли вони відкрили двері останньої палати, то знов потрапили у сіни, таким чином, пройшовши весь лісовий палац.

— Ех, якби тут хоч сухарик такий-сякий завалявся десь! — почухав потилицю Ігор, оглядаючи палату.

— Непогано було б, — не заперечувала Яся.

І в цю мить з'явився голос.

Здавалося, що у сусідній кімнаті хтось є. Голос наближався, ні на мить не замовкаючи. Хтось був дуже сердитий. Відчуваючи, що зустріч із сердитим кимось не принесе нічого гарного, друзі миттю вилетіли з їдальні.

Треба сховатися!

Але де? Ніякого закуточку. Та Яся придумала. Знаками вона показала Ігорю слідувати за нею.

Вона сховалась, закутавшись у якусь довгу хламиду, що висіла на стіні. Тепер можна було пройти поруч та навіть не запідозрити, що хтось тут є. Ігор зробив навіть краще, він не тільки вліз у свитку, що висіла поруч із хламидою, а ще й взув чоботи. І що ж! Стоять під стіною чоботи і свитка висить! Де хлопець? Гарно придумали. Тепер би лише не видати себе перед тим сердитим, хто наближався з дальньої кімнати.

Двері тієї кімнати, де вони тільки що були, залишилися відчиненими і друзі у дзеркало могли бачити майже всю їдальню.

Добре, що Ігор та Яся із Бульбашком встигли сховатися вчасно. Бо як тільки вони це зробили, другі двері їдальні відчинилися і сердитий голос увійшов. Голос то увійшов, а ось більше нікого і нічого не з'явилося.

Сердите буркотіння ходило із кута в кут, було чутно його кроки, а ось зримого не було нічого. Ігор із Ясею закляли від жаху. Так, невідоме і незрозуміле лякає більше за явне і зриме.

А у трапезній почали відбуватися ще більш дивні

речі. Пляшка, що стояла на столі сама собою злетіла у повітря нахилилася і перелила рідину, що у ній містилася у чарку, а потім уже й чарка перехилилася і спорожніла. Рідина з нею не пролилася на підлогу, а незрозумілим чином розчинилася у повітрі.

Через мить нібито з нічого зіткалися посеред трапезної жіночі чоботи.

Чоботи та голос, у якому не можна було ані слова розібрати, рухалися за колишнім маршрутом - із кута в кут.

Трохи згодом ті жіночі чоботи знову підійшли до пляшки і повторився повітряний танок пляшки та чарки. Після цього із повітря на додачу до чоботів зіткалася спідниця.

У трапезній було вже півжінки.

Ще кілька разів невидима хазяйка підходила до пляшки і з'являлися після цього різні нові частини її тіла, аж поки не проявилася вона вся. Це була Мара, яка нажахала бідного Нестора Мусійовича і від якої намагалася подалі триматися Яся.

"Ага, — подумала дівчина в своїй схованці, — стара знайома! Відчуваю, що будуть ще сюрпризи."

Дівчина мала рацію. Лише Мара всілася за стіл, як із двору почувся звук падаючого літака. Виття та свист росли до страшного ревіння. Ігор був спантеличений, а Яся навіть хотіла в ті секунди вискочити зі схованки. Аж ось щось врізалося у лісовий палац. Будівля здригнулася, а з тієї кімнати, де стояла велика піч, почувся такий гуркіт, ніби там вибухнула граната і рознесла ту піч вщент.

Після цього навряд чи можна було сподіватися, що вціліла хоча б цеглинка. Та ні! Коли двері відчинилися, на порозі виникла весела відьма Солоха, а коли дим від вибуху розвіявся, можна було побачити, що піч у палаті абсолютно цілісінька і сама кімната теж.

— Ось і я дівчата! — Солоха як завжди була у гарному гуморі.

— Ой, Марочко, привіт! – затеревеніла відьма. — А що, стара ще не прилетіла? Ні? А ти анекдот новий чула? Ось послухай: Зустрічає якось...

Солоха не замовкала ні на мить. Мара на всі запитання відьми лише щось сердито бурчала, але як завжди нічого не можна було второпати.

"Я так і думала, — промайнуло в голові у Ясі. Де одна, там і друга!"

Незабаром з'явилася третя. Поки подруги приємно спілкувалися, причвалала баба Яга. На відміну від Мари та Солохи ця бабуся прибула в лісовий палац пішки. Вона пояснила такий неприродній для нечистої сили спосіб пересування тим, що її літаюче крісло зламалося. А Локтиборода, який взявся лагодити, каже, що не може знайти потрібні запчастини.

Коли вся невеличка компанія усілася за стіл, баба Яга розстелила на столі скатертину, а Солоха зняла зі стіни торбинку, що висіла на цвяшку і промовила:

— Торбинко, торбиночко, дай нам поїсти і попити.

Яся вже добре знала, що відбудеться далі. На столі з'явилися смачні страви. Ох нелегко було Ясі, Ігорю та Бульбашку дивитися на пирування відьом зі свого закутку, вони були дуже голодні.

Несподівано на середині трапези пролунав високий голос півня. Відьми так і заклякли, як сиділи. Можна було б подумати, що зоря наближається. Але виявилось дещо інше. Одна з відьом підійшла до невеличкого пластмасового півника і зняла його голову. Ні, не відірвала, а зняла, бо той півень був своєрідним телефонним апаратом.

— Алло? Солоха у апарата! Хто це? А ти, Локтибородо. Що ти кажеш? Хто тут? Мара та Яга. Що робимо? Та гуляємо. Що ти кажеш? Ага. Зрозуміло. Так. Через п'ять хвилин вилітаємо.

— Дівчата, — звернулася Солоха до відьом, поклавши голову півня тобто слухавку, — на виліт! Терміновий виклик. Від Самого.

І відьми зазбиралися. Всі чарівні речі вони розставили по місцях, а самі відбули у такий же самий спосіб, як і прибули. Мара випила якоїсь жовтої рідини і розчинилася у повітрі. Солоха зі своїм пилососом вийшла на двір і там злетіла. Але, як було чути, з першої спроби у неї це не вийшло. Кілька разів до палат долинав гуркіт від падіння. А коли нарешті небо Солосі підкорилося, стало чути розмірене гудіння, що поступово затихло.

Баба ж Яга пішла пішки.

І у палатах знову стало тихо.

— Вони вже пішли? — прошепотіла Яся.

— Думаю, пішли! — впевнено на повний голос мовив Ігор, вибираючись зі схованки. — Вони пішли, а ми зараз повечеряємо. Я страшенно голодний.

І попрямував у трапезну. Яся миттю вилізла і, випередивши Ігоря, постелила скатертину. А Ігор взяв торбинку і промовив:

— Торбинка, торбинка! Дай нам поїсти і попити. Ну, друзі, що будемо замовляти?

— Чіпсів.

— Гамбургерів.

— Кетчупу.

— Шоколаду.

— Кока-коли.

— Кукурудзяних паличок!

Але торбинка чомусь не думала виконувати замовлення друзів. Ігор із Ясею почекали трохи, але так нічого і не відбулося. Тоді Ігор навіть потряс торбою. Та від цього теж нічого не відбулося.

— Що ж це таке? — здивувався Ігор.

— Може ми не так голосно слова вимовляємо. Давай ще раз спробуємо.

Спробували та результату все одно не було.

Ігор знизав плечима.

Поки Ігор з Ясею все це робили на столі сидів Бульбашко і тихенько сміявся.

— Ти чого смієшся? — помітила це Яся.

— Ви все неправильно робите, - сказав маленький чоловічок. — Теж мені, чіпсів, шоколаду, ви б ще пармезану забажали. Треба промовити українську страву, традиційну. Зрозуміли?

І тут Яся взялася замовляти:

— Торбинка, дай нам борщу тарілку!

І через мить з торби вилетіла тарілочка наповнена пахучим борщем зі сметаною.

— Вийшло! Ти зрозумів, — зраділа Яся, — ця торбинка не знає сучасних страв. Треба замовляти лише старовинні.

І сучасні підлітки не без труднощів пригадали вареники, крученики, пампушки, квас...

Нарешті друзі могли забути про голод. Та не встигли вони як слід наїстися, як несподівано почули голос:

— Йой, так у мене ж гості!

Двадцять восьмий розділ,

де розкривається душа баби Яги

На порозі стояла сердита стара баба, закутана у якесь лахміття. Її голос пролунав так несподівано, що Ігор розгубився і не знав, що робити. Та схоже він був єдиний за столом, хто втратив впевненість. Бо Бульбашко абсолютно спокійно продовжував насолоджуватися їжею з торбинки, а ось Яся...

Про почуття Ясі треба сказати окремо. Вона побачила стару, яка була її знайомою із компанії відьми Солохи. А ви, мої розумні читачі, здогадалися, що то була баба Яга. Так ось, лише Яся зрозуміла, хто перед нею, як підвелася зі стільця, насупила брова і сердитим голосом промовила:

— Як вам не соромно! Ви ж надурили мене!

Цей докір вона кинула таким переконливим голосом, що вираз обличчя баби Яги змінився вмить.

— Та що ти, ягідко! Що ти! Ми ж просто пожартували.

— Невже? А хто видурив у мене осколок чарівного дзеркала, а хто закинув мене на дерево, у дупло. Га? Ви три брехухи.

— Ну, добре! — баба Яга покірно сіла на лавку. — Я все розповім і доведу вам, що не все так погано.

І Яга повідала, як нечисть придумала видурити осколок чарівного дзеркала у Ясі. Ви цю частину історії, любі читачі, знаєте, а ось для наших героїв дещо було новиною. Хоча треба визнати, що кілька разів під час цієї розповіді Ясі довелося почервоніти, бо не все в її поведінці було бездоганним.

Врешті решт вся картина набула повної ясності.

— Так виявляється, — сказав трохи здивовано Ігор, — ви, бабусю, не така вже і зла?

— Та яка я там зла! Ось і Бульбашко скаже. Я ж була його виходила. Ну що, ніжка вже не болить?

— Дякую, бабусю, — посміхнувся Бульбашко, — я вже бігаю!

— Я чогось не розумію, — Яся все ще не заспокоїлася, — а чому ж ви тоді з Солохою, Вієм, і всією тією компанією водитесь?

— Та якось воно так сталося.

— Знаєте що, бабусю, — сказав Ігор, — якщо ви добра, то доведіть це.

— І доведу, і доведу, — Яга про щось замислилась. Через мить її обличчя пояснішало. — Ох, як я доведу. Полетіли до мене!

— У вас же літаюче крісло зламалося, а Локтиборода каже, що запчастин нема? — трохи єхидно промовила Яся.

— Так то воно так, та не зовсім так.

І старенька витягла якийсь вузлик, розв'язала його і промовила:

— Трохи почекаємо.

Чекати довелося не так вже й довго. Вже через кілька хвилин знадвору донісся стукіт копит, як здавалося від гарячого скакуна. Правда так здалося лише Ясі, а ось Ігорю почулося нібито тупотіння слонячих ніг.

— Оце воно! — прошамкала стара. — Гайда на двір!

Те, що побачили там Яся та Ігор, було для них дивом дивовижним. Ігор сподівався побачити механічне створіння з мотором, керуванням і тому подібне. Але це було щось.

Перед чарівним палацом і справді стояло крісло чималенького розміру. Але замість ніжок у нього були величезні лапи, спереду конячі, а ззаду лев'ячі. Замість поручнів вигнули спину два величезних осетра, по боках рухалися чималенькі крила, схожі на гусячі чи лебедині, але набагато більшого розміру. Але найбільше враження на Ясю та Ігоря справила спинка цього засобу пересування. Бо то була верхня частина людського кістяка з черепом.

І треба сказати все це рухалося. Осетри вихилялися, скелет повертав мертву голову з боку в бік, лапи нетерпляче тремтіли, а крила помахували, від чого на оточуючих повівав вітерець, від якого у Ясі охололо навіть всередині.

— Ось мій коник! — з гордістю промовила баба Яга. — Сідайте!

Як ви самі розумієте, сідати в таке крісельце було страшнувато. У Ясі тремтіли коліна. Та несподівано, коли Ігор подав їй свою невеличку, трохи шорсткувату, але досить таки міцну руку, щоб допомогти влізти на крісло, страх Ясі чомусь майже зовсім минув.

Коли всі, так би мовити, пасажири всілися за спиною баби Яги, стара щось вигукнула страшним голосом. Від цього ноги крісла виштовхнули його вгору, а величезні крила підхопили. Крісло набирало висоту, від чого у друзів перехоплювало подих.

З висоти польоту дрімучий ліс виглядав зовсім по-іншому, ніж унизу. Можна було розрізнити, як серед темних дерев в'ється Гуляй-шлях, десь блищать озерця, та річка, до якої друзі так і не дісталися. На сході до їхнього здивування Яся та Ігор побачили якісь вогні.

— Що це? — спитав Ігор в Бульбашка.

— Та це Гниле містечко.

— А хіба в дрімучому лісі є міста? — здивувалася Яся.

— Є, та не одне. Чого лише тут нема!

Двадцять дев'ятий розділ,
в якому на Ясю та Ігоря чекає сюрприз

Політ неймовірного апарата завершився на невеличкій галявині, де мала бути хатинка баби Яги. Яся не відразу і зрозуміла, де ж тут помешкання старої, а коли збагнула, то не могла повірити.

А являло воно собою ось що: на довжелезному дерев'яному стовпі, десь в десяти метрах над землею, знаходилася не хатина, та навіть не хижа, а якась маленька буда. Незрозуміло було, як у такому тісному приміщенні не те, що всі запрошені бабою розмістяться, але як туди увійде сама Яга.

— Оце так! — прошепотіла Яся. — Як же ми туди влвіземо?

Та, схоже, ніяких сумнівів у баби не було. Вона підійшла до хатини і голосно промовила:

— Гей, Христофоре Волошковичу! Виглянь у віконечко!

— Ну, що там таке? — почувся зверху невдоволений голос. — Кому там не спиться?

— Це я, Христофорчику.

— Ну ось, маєш! Ти ж збиралася піти на гулянку з цими твоїми подружками?

— Ой, котику, тут стільки всього трапилося! До речі, у нас гості.

— Гості? Ну ось, доведеться цілу ніч на кухні ішачити!

В наступну мить щось там заскрипіло і двері маленької хатинки відчинилися. І тут сталася дивна штука: наче гілки на стовбурі дерева на цьому стовпі, де стояла хатина, стали виростати дерев'яні сходинки, що спіраллю обходили навколо стовпа зверху до самої землі. От так через кілька миттєвостей в розпорядженні гостей були сходи до хати.

— Йдіть за мною, — сказала баба Яга і жваво полізла нагору.

До здивування Ясі та Ігоря, вони не лише пройшли у двері маленької хатини, але й знайшли, що всередині неї набагато просторіше. Ні, там просто була неймовірна площа. Тут баба Яга жила з неочікуваним комфортом.

У великій хаті було багато речей: немаленька, красива піч, розписана лавка.

Нарешті Яся та Ігор побачили господаря невдоволеного голосу. Це був рудий кіт, що абсолютно природно ходив на задніх лапах.

— Ласкаво просимо! — запросила баба Яга Ясю, Ігоря та Бульбашка.

— Ну що, Христофорчику, — звернулася баба до кота, — зроби нам чайку.

— Добре, — пронявчав набурмосений кіт і поніс самовар до крану.

— Ні-ні! — хотіла відмовитися від частування Яся. — Ми ж не голодні!

— Йой! — махнула рукою стара. — І не думайте. Хіба можу я не пригостити гостей. Не ображайте Христофорчика, не ображайте стареньку.

Кіт же, набираючи воду з-під крану, щось собі невдоволено нявчав.

Яся і Ігор, поки баба поралася з тарілками, роздивлялися довкола. А було на що подивитися. На стінах висіли пучки висушеної трави. А ось картина: лісовий краєвид, так гарно намальовано, що, здається, нібито і вода у ручаю тече і листя на деревах тремтить.

А от малесеньке дзеркальце з мутним, пошарпаним склом. Але чому там Яся побачила нібито й себе, а нібито й ні. У неї там, у дзеркалі, знову довге світле волосся. А поруч з дівчиною якийсь незнайомий хлопець, високий, плечистий, гарний. Так це ж Ігор! Але, мабуть, таким він буде лише у майбутньому! Стоп! Так це ж...

Яся та Ігор переглянулися.

— Бабусю, — спитала Яся, — а чи не осколок це чарівного дзеркала?

* * *

— Добре, — сказав хлопець, — ви довели нам, що ви таки добра бабуся.

— А як же, — прошамкала баба, — звичайно, добра.

— Так чому ж не можете нам віддати осколок чарівного дзеркала? — не могла зрозуміти Яся.

— Йой, не можу, дитино, не можу!

— Але чому? — не міг заспокоїтися Ігор.

— Не переймайся, козаче, пий чайок, їж крученики та й про медок не забувай.

— Дякую! Але я так і не отримав відповідь на своє запитання.

— Не можу, віддати, не можу просто так віддати...

— Тобто?

— Треба заслужити. От відслужіть мені службу і тоді будь ласка.

— Ну, добре, — погодилася Яся, — ми згодні.

— Так, — підтвердив Ігор, — ми згодні. А що ж нам треба зробити?

— Йой, та що там такого. Спечіть мені хлібчик та вполюйте звіра, що гуляє тут ночами. І все! — сказала баба Яга, позіхаючи. — А я поки посплю.

І вона полізла на піч.

— А де ж нам борошно та все інше взяти? — спитала Яся.

— Христофорчик підкаже, — пролунав голос із печі, де вже засинала баба Яга.

Тридцятий розділ,

де Яся пече пиріжки, а Ігор полює на дивного звіра

Як це не дивно, але розповівши, що й до чого, рудий кіт Христофор Волошкович згорнувся бубликом і теж захропів.

Коли Яся вже шукала борошно серед безладу бабиної хатини, Ігор відправився на полювання.

— Я пішов, — промовив він і ступив за поріг.

Не встигла Яся побажати йому вдачі, як за дверима почувся короткий крик хлопця. Коли схвильована Яся визирнула за двері, то побачила, що Ігор висить, зачепившись коміром за якусь гілку.

— Ігор, як ти?

— Та забув, що тут своя система. Так просто не зайдеш не вийдеш. — сказав хлопець, коли вже як мавпа спускався вниз.

Отже, можна сказати, що Яся залишилася на самоті перед своїм завданням. Правда в неї був помічник — Бульбашко, але він був таким маленьким, що міг хіба що консультувати.

— Як ти думаєш, — Яся відкрила якусь діжку, — це

може бути борошно?

— Нумо, дай спробую, — Бульбашко хотів пересвід-
читись. Трохи покуштувавши, він промовив. — Схоже, що
борошно, але якесь воно не таке.

— Тобто?

— Подивись там на діжці нічого не написано?

— Написано, але цієї мови я не знаю. Може ти розбе-
реш. - Яся піднесла потерчатко до діжки.

— Угу! — Бульбашко зробив вигляд знавця, такий
собі академік. — Я думаю, що це таки борошно.

Отже Яся знайшла чистий горщик і засипала туди бо-
рошно.

— Досить, не так багато, — підказував Бульбашко. —
А тепер додай води.

Схоже у баби був водогін, вода йшла з кранів. Але чо-
мусь був не один кран і навіть не два, а три. Але придивив-
шись, Яся все збагнула. Під першим краном лежала якась
травинка, трохи зів'яла. Під другим була квітка, яка не
просто зів'яла, а зотліла, почорніла. А ось під третім кра-
ном квітка хоч і була зірвана, але розквітала.

"Ага, зрозуміло, — здогадалася Яся, — звичайна
вода, мертва та жива."

Дівчина вже хотіла набрати звичайної води, як поду-
мала. "А може спробувати додати живої води? От класно
буде!" І нічого не сказавши Бульбашку, вона набрала води
з-під третього крану.

— А тепер перемішай як слід воду з борошном, —
консультував Бульбашко.

Яся ніколи не пекла пиріжки, ніколи не готувала тісто
і тому, коли вона таки замішала тісто, то вся була замурза-
на у липке тісто з голови до ніг.

— Начебто готово, — зітхнула дівчина.

— Добре! А тепер постав горщик на якийсь час біля
теплої печі.

Яся так і зробила. І пішла привести себе до ладу.

— А довго доведеться чекати? — поцікавилася вона.

— Та не мало.

Та цього разу Бульбашко помилився. Не встигла Яся домитися, як кришка під горщиком піднялася.

— Ой! - здивувалася Яся. — Готово!

— Замішуй його скоріш та в піч.

Та тут сталося щось зовсім несподіване. Як тільки Яся зібралася замісити тісто, їй здалося, що нібито у тісті прорізалося щось на зразок ока, яке підморгнуло Ясі. На якусь мить дівчина здивувалася, але вирішила, що їй це просто здалося. Та ні, не здалося. Тісто вилізло більше з горщика і підняло голову.

— Неймовірно! — вигукнула дівчина. — От маєш, як же я тепер спечу щось з нього.

А тісто тепер повністю вилізло назовні і стало перед Ясею у вигляді чоловічка, нібито виліпленого з глини чи пластиліну. Чоловічок був досить високим, досягав до половини зросту Ясі.

— Ти якої води до нього підливала? — схопився за голову Бульбашко.

— Начебто живої.

— От буде тепер клопіт його спіймати.

Яся тут же вирішила перевірити, чи легко буде це зробити, але тістовий чоловічок легко відхилився і спритно відбіг в інший бік хати. Яся стала підкрадатися до нього. Чоловічок перебрав вигляд кішки і стрибнув на піч. Яга та Христофорчик, які спали там, не відчули, як він пройшов поруч з ними.

— Киць-киць! - погукала Яся.

Але здалося, що тістова кішка на це захихотіла, стрибнула на підлогу і перетворилася на курку. Почалася біганина за куркою, посуд летів на підлогу, якась шафа перекинулася. Гуркіт стояв ще той, але, як не дивно, господарка хати і її кіт спокійно спали.

Довго ще бігала по всій хаті за тістом Яся. Якого

лише виду це занадто живе тісто не перебирало. Ясі вже здавалося, що вона спіймала його, та марно.

Нарешті дівчина втомилася і сіла на стілець.

А тісто стояло в іншому куті і наче знущалося. Воно перебрало вигляд молодика, що чекає дівчину на побачення. Він стояв із квітами і весь час поглядав на годинник.

— І що ж мені тепер із ним робити, Бульбашку?

— А ти мене спитала, перш ніж живої води додавати?

— Вибач, Бульбашечко!

— Бач який знавець, тепер думай сама!

— Ну, будь ласочка!

Потерчатко подивився у очі дівчини і не витримав.

— Добре, допоможу, але думай наперед. Значить так, спробуй запросити його на чай.

— Кого? Тісто?

— Саме так, тісто. Тільки чай не простий. Там мають бути пахучі трави, цукор і сіль.

— І сіль? - здивувалася Яся.

— Ну, це ж чай для тіста, зрозумій.

Коли незвичний чай був готовий, Яся обережно підійшла до тіста. Той перебрав вигляд огрядного чоловіка, одягнутого у фрак.

Яся зробила реверанс перед ним, тістовий пан вклонився, зняв капелюха.

— Шановний пан, маю честь запросити вас на чай!

Як видно було чай тістовому пану сподобався. Він пив і мружився від задоволення. Допивши, він позіхнув і став втрачати форму. Мить, і він вже пес. Позіхнувши ще раз, пес скрутився калачиком і заснув на лавці.

— Давай його на лопату і в піч! — прошепотів Бульбашко. — Давай поки не прокинувся.

Яся взяла дерев'яну лопату, обережно підділа його і відправила його в піч.

— Добрий же буде хліб у вигляді собаки, — посміхнулася Яся.

— А ми подивимось, який у тебе вийде хліб, — відповів Бульбашко, — це ж чарівне тісто.

* * *

В той час, коли Яся поралася із тістом, Ігор зробив перший крок у дрімучому лісі. Він намагався рухатися дуже обережно, не поспішаючи, прислухаючись до кожного, найменшого звуку.

А в дрімучому лісі, незважаючи на темну ніч, було аж ніяк не тихо. Скрізь щось бігало, літало, повзало, хлюпало крилами, пищало, шурхотало, скрипіло, клацало, тріщало, вило, підвивало, свистіло, ухало, гупало і шаруділо. Звичайно, більшість з цих звуків не були такими вже гучними, треба було прислухатися, щоб почути їх, але нічне життя, схоже, вирувало. Невидиме життя. Роздивитися, від кого ж йшли всі ті звуки, було нелегко.

В ту пору був місяць на небі, але він був закритий чорними хмарами і лише час від часу виринав з-за них.

"Звір, — подумав Ігор, — який, цікаво б знати, цей звір? Піди, мовляв, вполюй звіра, а якого? Чи то вовк, чи то ведмідь, чи то нечисть яка... Де його шукати? Називається: піди туди, не знаю куди, принеси того, не знаю чого!"

Ігор, напевно, не зізнався б сам собі, але він боявся. Так, його знали, як сміливого хлопця. Навіть старшокласники поважали його. Але ніхто не знав, що він страшенно боявся, коли навіть вступав у бійку, просто не показував цього.

"Страх є в кожному із нас, — казав Ігорю батько, — але наша задача подолати цей страх."

Ігор чесно намагався впоратися зі своїм страхом. Він устрявав у бійки з переважаючими силами, коли треба було захистити слабшого. Але навіть коли перемога була на його боці, у нього в середині все трусилося.

Він, коли був у бабусі, спеціально ходив по воду до колодязю у темну пору. Але лякався шурхоту, якого зчиняв їжак у кущах. Цей хлопець мав репутацію відчайдуха, але в серці був боягузом.

Але тепер в темному лісі, коли ніхто його не бачив, він мав перемогти свій страх і вполювати того клятого звіра, або...

Отже, баба Яга сказала, що неймовірний, лютий, страшний звір вештається кожної ночі біля бабиної халупи і стара боїться, що звір той, мовляв, зламає стовп, на якому її хатина тримається. І ось треба цю проблему вирішити.

Кіт Христофор передав хлопцю рушницю. Ще у хатині Ігор її уважно оглянув, як міг почистив, зарядив. Рушниця чималенько важила, нести було нелегко. Поглянувши на свою зброю, Ігор подумав: "Треба було хоч разочок вистрілити з цієї гармати. А то невідомо, чи вона взагалі може когось підстрелити." Та хлопець не наважувався порушити лісову тишу.

Раптом за одним деревом промайнула якась тінь. Ігор міцніше стиснув зброю.

Страх почав міцніше прибирати до себе серце Ігоря. "Вперед, давай вперед, — лаяв себе Ігор, — боягузе такий-сякий!" Але сміливості ставало більше хіба що на вагу зернятка. Як уві сні повз проходили тіні — стовбури дерев.

Хлопець йшов в небезпеку. Ось гілка тріснула за спиною. Ігор повернувся і завмер від жаху. Перед ним в якихсь двох кроках стояло щось неймовірне. Ні, не стояло, а нависало неймовірною, зловісною тінню. Ця гора рівно і зловісно дихала. Але найстрашнішим була голова чудовиська, яка звисала з горбатого тулубу в напрямку хлопця. Це була потворна довга морда, повна величезних гострих зубів, які блідим фосфором світилися у темряві. Але ще більш зловісно, мов два червоних вуглика світилися жахливі, злющі очі. Потвора заричала і здавалося почала рух

125

до Ігоря. Заціпеніння вмить впало з його ніг. Ігор лише одне збагнув через секунду, що мчить крізь хащі, як наляканий олень. Потвора лишилася за його спиною. Може чудовисько зараз переслідує його, ось-ось схопить.

Скоріше, рятуватися! Ігор біг, коли з усієї сили налетів на якусь гілку. Наче блискавка вибухнула у голові і за мить Ігор втратив свідомість.

Очунявши, Ігор побачив велике синє око, що світилося. Це був місяць. За мить він сховався у чорних хмарах. Ігор не відразу згадав, де він. Боліла голова. На лобі була величенька ґуля. Прийшовши остаточно до тями, Ігор навіть розсердився на себе. "Втік, злякався! - картав він себе. — Хоч би з рушниці бабахнув!" І справді хлопець продовжував тримати зброю. Ігор рішуче підвівся, струсив з одягу пил, перевірив затвор рушниці і заспівав на повний голос:

Ой, у лузі червона калина похилилася!..

І з кожним словом цієї пісні, з кожним кроком по лісу його страх зникав. Побачивши, як за деревом промайнула тінь, щось схоже на чудовисько, Ігор топнув ногою: "Ні, більше ти мене не налякаєш!" І козачок рішуче відхилив гілки.

Ігор думав побачити перед собою кого завгодно, будь яке чудовисько, найжахливішу потвору, але тільки не це. Місяць як раз виринув з-за хмар і Ігор вгледів перед собою рудого кота, який стояв на задніх лапах.

— Христофоре Волошковичу? — здивувався хлопець.

Розумний кіт посміхнувся:

— Як бачиш. Ти певно думав, що побачиш тут звіра. Та вважай, що свого звіра ти подолав, полювання закінчилося.

— Як це? Закінчилося? Я ж нікого не вполював?

— Ти вполював свій страх. Ти вважаєш, що втікав від жахливої потвори? Ні, насправді це чудовисько намалювала лише твоя налякана уява. І подолавши свій страх, ти вполював звіра. Зрозуміло тобі?

Так, хлопець все збагнув, але йому було трохи соромно, за свою ганебну втечу, виявляється, про неї знали інші.

— Не переймайся, ніхто не дізнається про деталі твого полювання, якщо ти сам не розкажеш, - кіт ніби прочитав думки хлопця. — Ідемо краще в хату, там вже Яся хлібчик спекла!

Тридцять перший розділ,

в якому Ясі доводиться знову робити вибір

Знаєш, а мені приємно думати, що баба Яга виявилася доброю, — промовила Яся, тримаючи в руці дорогоцінний осколок чарівного дзеркала.

Яся разом із Ігорем та Бульбашком летіла на дивовижному і страшному кріслі лісової баби. "Тепер все буде легко, — думала Яся, — треба лише долетіти до урочища діда Кремеза, а там..."

Чарівне крісло саме знало, як долетіти до землі добряків, не треба було їм керувати. Та й навряд чи хтось із шукачів чарівного дзеркала знав, як орієнтуватися в дрімучому лісі.

Ніч, коли Яся та Ігор пройшли випробування, почала відступати. Вже посвітлішало і зірок стало дуже небагато на небі. Друзі летіли посеред синьо-сірого повітряного простору. Внизу пропливав ліс, місцями його вкривали темно-сині тумани.

Було досить холодно і Яся з Ігорем задубіли, певно їм було б ще гірше, якби не речі баби Яги. Яся досить смішно виглядала, закутаною у велику хустину. Але Ігор і не думав сміятися, бо і сам утеплився в різне лахміття.

Раптом Бульбашко, що виглядав із нагрудної кишені курточки Ігоря, пожвавішав.

— Ура! — пропищав він, — бачу дубову скелю! Попереду дубова скеля!

— Де? Де? — Яся та Ігор крутили головами, намагаючись вгледіти пункт призначення.

— Та он же, на небокраї! — показував потерча, але вони все одно нічого подібного не знайшли. Певно, у маленьких лісових істот гостріший зір, а може просто Бульбашко видавав бажане за дійсне.

Раптом Яся краєм ока побачила нібито летить кажан. Ні, це не кажан!

— Мамусю! — закричала Яся і схопила за руку Ігоря.

Хлопець подивився в той бік, куди й Яся, і ледь не випав з крісла.

— Нічого собі! — тільки і встиг промовити ошелешений Ігор.

І насправді було від чого втратити голову. В кількох метрах від крісла летів білий людський череп на кажанячих крилах. В химерному світлі раннього світанку досить чітко було видно цю істоту.

— Що це? — волала Яся. — Воно нам не загрожує?

— Поки що ні, — міркував Ігор, — панікувати, я думаю, рано.

Та коли череп побачив Бульбашко, то маленький чоловічок схопився за голову:

— Ой, лихо, нас вистежили!

І як тільки він це сказав, простір навколо крісла наводнився літаючими черепами. Вони були скрізь. Їх було багато. Вони летіли мов зграя ґав. І ось одна з цих істот атакувала крісло. Просто підлетіло і вкусило за ніжку, тобто за лев'ячу ногу.

І тут почалося. Вся зграя накинулася на мандрівників, вони кидалися на крила, на ніжки, на що тільки можна було і на Ясю з Ігорем також.

Яся від страху закуталася у хустку Ягусі і, тримаючись за бильце у вигляді осетра, готувалася вже до найгіршого.

Бульбашко сховався у кишені куртки Ігоря і лише повторював весь час:

— Нас вистежили! Нас вистежили, тепер нам кінець!

А ось Ігор вирішив прийняти бій. Однією рукою він тримався за крісло, а кулаком правої руки лупив по ворогам, по цим клятим потворам. Та це, на жаль, допомагало мало.

Крісло ухилялося від атак черепів як могло. Відбивалося лев'ячими лапами, крутило небезпечні для пасажирів піке, падало вниз, струшуючі нападників з себе. Але результат був той самим, черепи не припиняли напад, вони іноді лише були відбиті, але потім нападали знов.

Справи були кепські, недивлячись ні на що, крісло втрачало висоту. Пір'я в його крилах поменшало.

Аж ось Ігор недалеко від крісла побачив дивну жінку, що летіла на пилососі. Він не знав, що це відьма Солоха і хотів вже попросити в неї допомоги, як несподівано атака диких потвор припинилася. Черепи з крилами кажанів розсіялися в небі і зникли кудись за лічені миті. Жінка на пилососі зникла також.

Небезпека минула, але крісло після бою було геть понівечено, його крила були як у обскубаної не до кінця курки. Звісно, що воно втрачало висоту.

— Я так розумію, — промовив Ігор, беручи Ясю за руку, — що треба триматися міцніше. Буде жорстке приземлення.

Яся тремтіла, але рука хлопця додала їй впевненості.

— Шкода лише, що доведеться добиратися до урочища пішки. - пожалкував Ігор. — Якби не потвори.

Але тут з кишені виглянув Бульбашко.

— Не, доведеться, друзі, — і маленький чоловічок вказав вперед, де зовсім близько із туману виринула скеля, що поросла дубами. — Ми долетіли!

— Тримайся, крісельце, — прошепотіла Яся, — донеси нас до скелі.

Приземлення було не таке вже й важке.

* * *

Отже, це було урочище діда Кремеза, або, як його називали деякі люди, Прокляте урочище.

Перед очима Ясі, Ігоря та Бульбашка відкрилася галявина, де стояла глиняна хатина під солом'яною стріхою.

— Бульбашко, — Яся роздивлялася довкола, — це і справді місце, де живуть добряки? Ми справді приїхали.

Маленький чоловічок посміхнувся:

— Можеш не сумніватися. Ідемо до хати.

Нарешті, за хатою вони знайшли ідилічну картину: на призьбі сидів сивий дід з довгою, до самої землі бородою і курив люльку, якась красива дівчина несла на коромислі відра до колодязю, великий пес лежав біля порогу хати.

— Ой, дідусю, нарешті ми вас знайшли! — радісно загомонів Бульбашко, але в наступну мить потерчаткові очі почали злипатися. Останні слова він так і не договорив. — А у нас радісна но...

— От маєш, — промовив дід Кремез, — втомився бідолаха. Я бачу ви, дітки, немало пригод перепригодили?

— Так, було, — сказала Яся. — Але ми здобули таки останній осколок чарівного дзеркала.

— Та невже? А покажіть-но діду.

— Тепер нарешті перевага буде на боці добрих сил, - Ігор радів.

- Аякже, звичайно, - підтримав його дід Кремез, — буде. Давайте скоріше осколок і не забудьте сказати, що передаєте мені його з доброї волі.

— Так, гаразд, нема проблем! — Яся діставала загорнуту в ганчірку реліквію дрімучого лісу.

Але тут сталася річ, яка заплутала всі карти. Несподівано десь здалеку ледь почувся голос: "Ні, не віддавайте! Не віддавайте! Це не дід Кремез!"

Яся здивувалася:

— Ви чули? Наче гукає хтось?

— Та хто там гукає, то вам почулося, - засміявся дід Кремез. — Не зволікайте, давайте, давайте!

Та тут вже ближче почувся той самий голос: "Не віддавай чарівний осколок! Це омана нечисті!" І цього разу голос вже лунав набагато виразніше, хтось наближався. І справді в наступну мить з-за дубів вилетів великий орел. Він пролетів коло над хатою, загальмував свій політ і приземлився як раз біля Ясі та Ігоря. Зі спини величезного птаха зістрибнули дід Кремез із Мавкою та вчителькою Христиною Харитонівною

Яся та Ігор не знали, що й казати. На галявині було два діда Кремеза і дві Мавки.

— Яся, дівчинко моя, — Христина Харитонівна відразу опанувала ситуацією, — не зроби помилку, як це було на балу. Це не справжній дід Кремез. Це Вій, якій перебрав його подобу. Віддай осколок нам.

Та той старий, що сидів на призьбі не здавався:

— Ясю, дитинко, не вір їм. Це вони нечисть — перетворилися на нас. Знову хочуть взяти гору. Не зміняй свого рішення.

Яся та Ігор переводили погляди то на одного діда, то на іншого, але різниці між ними не бачили. У Ясі все переплуталося в голові. Вона б воліла краще нікому не віддавати осколок, та все одно треба було вирішувати. Але як не помилитися, бо зараз від неї залежить дуже багато?

І тут їй прийшла ідея. Вона розгорнула ганчірочку, в якій був осколок.

— Молодець, Захмарна! — посміхнулася Христина Харитонівна, начебто прочитала її думки. — Здогадалася! Дванадцять з плюсом!

Так, ідея була дуже проста: треба просто подивитися в осколок чарівного дзеркала, в осколок свічада істини. Як тільки Яся це зробила, вона зрозуміла, як же близько вона була від помилки. Той дід, що сидів на призьбі і якому вона вже зібралася вручити реліквію, насправді був лисий біс Вій. Та й поруч із ним була не Мавка, а страшна Мара, а біля ніг сидів не песик, а Вовкулака.

А от ті, що прилетіли на птаху майже не змінилися, хіба що стали молодшими та красивішими.

— Я не помилюся, Христино Харитонівно, — Яся простягнула реліквію дрімучого лісу справжньому діду Кремезу.

Та нечисть здаватися не схотіла. Після того, як Яся глянула у осколок, вони втратили чари і личини з них впали. І тоді Вій, що був в чорних окулярах, промовив глухим, замогильним голосом:

— Нікому не дістанеться! — і головний біс хотів зняти окуляри, щоб відкрити свій смертельний погляд.

Та це йому не вдалося. Його випередив дід Кремез, він змахнув рукою і з землі за мить виросла стіна.

— Я з доброї волі віддаю вам цей осколок чарівного дзеркала, — дуже швидко промовила Яся і ось вже дорогоцінна реліквія в руках у доброго діда Кремеза.

В наступну мить земля загула, піднявся страшний вітер і почалися перетворення. Ось дерева переплелися стовбурами, почали рости, рости, прийняли не властиву деревам форму, мить і розсипалися, а на їх місці будинок. Якийсь він знайомий. Так, це ж будинок, що стояв на одній з вулиць міста N.

Ось з лісу вибіг переляканий бегемот. Він почав роздуватися, роздуватися, а потім як лусне, і на його місці стоїть автомобіль.

Ось вибігло з лісу кумедне смугасте порося, за секунду воно виросло, стало на задні лапи і перетворилося на людину.

— Людоньки! — зраділо колишнє порося. — Я — знову я, я знову людина!

І такі перетворення ставалися одне за одним. Перед Ігорем та Ясею з'являлися будинки, стовпи, машини, трамваї, люди. Яся зрозуміла, що це дрімучий ліс знову перетворюється на місто N.

Та додивитися все це вона не змогла, бо перед її очима чомусь потемніло і вона втратила свідомість.

Тридцять другий розділ,

в якому Яся вибачається перед мамою

Перше, що відчула Яся був холод. Відкривши очі, вона спочатку збагнула, що незручно сидить, обпершись спиною об холодну цегляну стіну. Дівчина в ці миттєвості була в такому стані наче тільки-но прокинулася, не розуміла, як вона опинилася у цьому темному, сирому коридорі.

— Як дивно, — подумала Яся. — Де це я? Як я тут опинилася? Що зі мною?

Яся стала оглядатися довкола. З одного кінця коридору був поворот, а інший закінчувався дверима. Ясі вони здалися знайомими. Точно! Це ж двері їхньої коморочки! Штовхнувши двері, Яся побачила за ними свою рідну оселю.

І в цю мить вона пригадала всі ті неймовірні пригоди, що трапилися з нею з того моменту, як вона відкрила двері комірчини. І ось вона повернулася. Коло замкнулося.

Трохи похитуючись і тримаючись за стіну, Яся увійшла до рідної оселі. Все тут було таким самим, як і в ту мить, коли легковажне дівча відкрило ті злощасні двері.

Яся озирнулася і її погляд повернувся до комірчини. Але що це? Де подівся дивовижний коридор? Перед нею буденна, така звична комірчина. Наче і не було нічого! А може і справді не було? Може їй це все наснилося? Дрімучій ліс, дивний і страшний бал, Гуляй-шлях?

Яся вже була повірила у це, як побачила дивну пухнасту істоту, що нагадувала чортеня, але з приємним обличчям. Були часи, коли Яся страшенно здивувалася б, побачивши таке. Та тепер вона лише посміхнулася, бо у дрімучому лісі і не таке бачила.

— Ти хто? — спитала у істоти Яся.

— Я пенат вашої квартири, — чомусь сумно відповів пухнастик.

— А ти добрячок, чи нечистий?

— Я охоронець вашої оселі.

— Зрозуміло.

— Мені дозволено лише оцей один раз з'явитися перед твоїми очима. Таке діло, дід Кремез каже, що ти добрякам дуже допомогла. Тепер чарівне дзеркало там, де треба.

— Ой, а як там Бульбашко, баба Яга?

— Не переймайся, все вже добре, — нарешті посміхнувся Пенат і зник з очей, наче його і не було.

І на душі у Ясі стало спокійно.

"Значить, все добре!"

Тут вона почула, що вхідні двері відмикаються. Це повернулася додому Наталка Захмарна.

— Мамусю!

За якусь мить Наталя Борисівна потонула у обіймах своєї дочки.

— Сонечко! — трохи здивувалася вона, бо давно вже її дочка не виявляла ніжності до неї. — Ти нібито не бачила мене цілий рік.

— Майже, мамусю! Пробач мене, пробач, рідненька!

Тридцять третій розділ,
де показується місто N та його мешканці

инуло літо. Яся пішла у наступний клас. Та якби ви тепер її побачили, то не відразу б і впізнали. Її волосся знову набуло природного світлого кольору.

Прокинувшись раніше мами, вона готувала сніданок, аж тут на кухню зайшла Наталя Борисівна.

— Доброго ранку, мамусю! — посміхнулася дівчина.

— Доброго ранку, доню! Що ти сьогодні придумала?

— Сюрприз, сподіваюся буде смачно.

— А ти у школу не запізнишся? Може я тобі допоможу?

— Не хвилюйся, мамо, я встигну.

Ані Яся, ані її мама не бачили, що зверху, зі стіни на них дивляться величезні очі. Це був Стінний. А з під столу визирав Пенат і посміхався. Навіть Предок звернув на хвилинку увагу на своїх далеких нащадків.

Це був чудовий ранок у квартирі Захмарних.

Через півгодини Яся йшла до школи звичним шляхом. Місто вже прокинулося і стало знов шумним і метушливим. Яся крокувала, посміхаючись сонечку, і не помічала деяких речей. Що, наприклад, на плечі одного першокласника, який сміється мов дзвіночок, сидить потерчатко. Може це Бульбашко? Ні, це не він, бо, ви не повірите, що він зараз поспішає до школи з першачками. Так, він став справжнім хлопчиком.

Ось на перехресті на червоне світло зупинився скутер. За кермом сидить дідок у клітчастій сорочці, джинсовому комбінезоні і білих кросівках. Не простий це дід. Це ватажок добряків дід Кремез, що їде на скутері до свого урочища.

Проходячи біля дитячого садочку, Яся лише краєм ока помічає дівчину з ясними, синіми очима. Та якби лише знала Яся, що це онука діда Кремеза Мавка, яка працює вихователькою у дитячому садку, то вона придивилась би до неї уважніше.

А що це за старенька, що тягне на базар візок з яблуками разом із рудим хлопчиком? Так це ж баба Яга із котом Христофором Волошковичем, що перетворився на хлопця.

Та Яся цього не помітила, бо якийсь юнак посміхнувся їй і, помахавши рукою, поспішив назустріч. Так це ж Ігор! Він підріс, подорослішав і став схожий на того хлопця, якого бачила Яся у осколку чарівного дзеркала, що висів на стіні хатини баби Яги. Хіба що плечі в нього ще не такі широкі.

Ну що, значить нечисть вже переможена? На жаль, ні. Добре, звичайно, що зникли деякі нечисті. Наприклад голова ради директорів одного з заводів міста N, а одночасно і ватажок нечисті Вій. Можливо, він згинув безслідно і назавжди.

Але роздивіться довкола. Ось крикливо одягнута жінка свариться з продавцем газет. Це ж відьма Солоха. А ось перечепився на рівному місті один юнак. Чи не витівки це підступного Переплута.

Будь уважним, мій любий читачу, не потрапляй на гачок нечисті.

кінець

Трохи похитуючись і тримаючись за стіну, Яся увійшла до рідної оселі. Все тут було таким самим, як і в ту мить, коли легковажне дівча відкрило ті злощасні двері.

ЗМІСТ

Made in the USA
Coppell, TX
13 April 2023

15575608R00083